家計簿課長と日記王子

Sachi Umino
海野幸

CHARADE BUNKO

Illustration

夏水りつ

CONTENTS

家計簿課長と日記王子

会議室に漂う弁当の匂《にお》いと、華やかに弾《はじ》ける女性たちの笑い声。

長方形の机を二つ並べた席では購買部に所属する八名の女性が弁当を広げていて、全員が休みなく箸《はし》を動かしているはずなのにお喋《しゃべ》りは途切れることがない。

「この冬こそダイエットしようと思うんです、クリスマスまでに彼氏が欲しいから」

「駄目よ、それじゃ順序が逆」

「彼氏が欲しいからダイエット、とか無理に決まってるでしょ！　女が本気になるのは男ができてからなんだから」

手と口を器用に動かし、おかずを口に放り込む合間に話題を交換する部下たちを眺めつつ、周平《しゅうへい》は黙々と咀嚼《そしゃく》を続ける。

これが世にいうガールズトークか。会議室には一応男性である自分がいるはずなのだが、彼女たちは周平の存在など忘れたかのようにあけすけな会話を続けている。

ランチタイムの会議室は女の園だ。うっかり男性社員が足を踏み入れようものならいっせいに氷の矢のごとき冷たい視線を向けられ、たちまち室内は静まり返る。というのに、同じ男の身でありながら周平はなぜかごく自然にここにいる。

周平が弁当の端に寄せた回鍋肉《ホイコーロー》を箸でつまみ上げると、購買部主任の浅井《あさい》に横からひょいと弁当の中を覗《のぞ》き込まれた。

「課長、また野菜一品弁当ですね」

長方形の机に四人ずつ向かい合って座っていた全員の視線が周平に集まる。誕生会の主役よろしく、八名の部下を左右に並べて見渡せる席に座っていた周平は、回鍋肉を口に放り込んでから、うん、と頷《うなず》いた。

「近所の八百屋《やおや》でキャベツが安かったから」

「またそういうこと言って！　回鍋肉にキャベツの浅漬けにキャベツの煮びたしって、キャベツ尽くしじゃないですか。まさかそれ、全部自分で作ったんですか？」

そうだね、と周平が頷くと、周囲から「課長って本当にマメですねぇ」と感心した声が上がった。

「他の男性社員なんて皆食堂か外に行っちゃうのに」

「弁当の方が経済的じゃないか」

「そうですけど……もしかして、お惣菜《そうざい》とか冷凍食品も使ってないんですか？」

「使ってないよ。自分で作った方が安い」

「だからってそのお弁当はさすがに彩りがないですよ」

駄目ですよ、バランスは大事なんですからね、彩りも、と方々から忠告が飛んできて、周平は苦笑と共にひとつひとつ丁寧に頷く。ほとんどが周平よりも年下なのに、彼女たちは皆弟を見守る姉のような顔をしていて、これだから、と周平はこっそり溜息《ためいき》をついた。

（まるで男扱いされてないんだろうなぁ）

室木《むろき》周平、三十四歳。電機メーカーの勤続十年を越えてなお、新人集団の中に放り込まれてもあまり違和感がない。自分でも時々げんなりするほどの童顔だ。

三年ほど前、周平の属する購買部の部長が他社にヘッドハンティングされ、以来課長という肩書でありながら周平が部の最高責任者を務めている。当初は一時的な措置だと言われていたが、気がつけば周平を筆頭にした形で部内はすっかり安定している。

仮にも上長なのだから少しは威厳があった方がいいだろうと伊達眼鏡《だてめがね》をかけ始めたのも同じ頃だが、こうして部下たちの中で弁当をつつく現状を見る限り効果は一向にないようだ。

そんな中でも唯一周平を年上の男性扱いしてくれるのは今年入社した百瀬《ももせ》くらいのものだろうか。周平の座る場所からは一番遠い、会議室の入口に近い席で手製の小さな弁当をちまちま食べている百瀬は、周平と目が合うと小さく笑う。長い髪を肩から垂らした彼女もまた、大きな目とふっくらした頰《ほお》が幼く見える童顔だ。

そうこうしているうちにあちこちで弁当の箱を閉じる音が響き、誰からとなく席を立ち始める。ある者はそのままオフィスの自席に戻り、ある者は喫煙所に消え、ある者は弁当箱を洗うため給湯室に向かう。周平は給湯室に向かう派だ。

午後の仕事の段取りを考えながら狭い廊下を歩いていると、前を行く浅井ともうひとりの部下が弾んだ声を上げた。

「あっ、王子がいる」

つられて周平も顔を上げると、ちょうど帰社したところなのか、鞄《かばん》を提げた男性が前方のエレベーターホールからオフィスに入っていくところだ。

給湯室に入った浅井たちは、蛇口をひねりながら楽し気なお喋りを続ける。

「相変わらず王子は格好いいよねぇ」

「ほんと、目の保養」

「彼氏がいなくてもときめきは大事だからね！　よく言うじゃない、実際につき合ってる人がいなくても、常に脳内彼氏は作っておいた方が人生の幸福度が上がるって」

そんな話初耳だ、と思いながら、周平は前の二人が弁当箱を洗い終えるのを給湯室の隅でぼんやりと待つ。こういうとき、普通の男性社員なら女性たちが給湯室からいなくなるのをどこか別の場所で待っているものなのだろうが、周平は別段気にならないので同じ空間で順番を待つ。一緒にいる女性たちもまるで周平の存在を気に留めない。男性でも上司でもなく、無口な女子社員とでも一緒にいるような雰囲気だ。

「でも王子はさぁ、黒い噂《うわさ》が絶えない黒王子だから」

「あれでしょ？　秘書課の子が全員手ぇつけられてんでしょ？」

「今年入ったばっかりの総務の子もやられたらしいじゃない」

「王子は初物食いだからねぇ。うちも百瀬さんが粉かけられないように気をつけないと」

「ああ、うん、あの子はね、経験なさそうだから」

周平は給湯室の壁に凭《もた》れて居心地《いごこち》悪く眼鏡を押し上げる。男共の猥談《わいだん》ならば聞き慣れているのだが、女性がこういう話をするシーンは何度立ち会っても慣れない。微《かす》かに耳の端を赤くしながら、せめてこういうときぐらい男の視線があることを意識してくれないだろうかと密《ひそ》かに思う。

なるべく二人の会話から意識を逸《そ》らそうと、周平は先程エレベーターホールから出てきた男性の姿を頭に思い描いた。この会社の女子社員に陰で王子と呼ばれる彼の名は伏見和親《ふしみかずちか》という。営業部に所属していて、今年で入社三年目だったか。

彼には確かに不穏な噂が多い。社内の綺麗《きれい》どころは大体彼のお手つきだとか、特に初心《うぶ》な子が好きであの手この手で陥落させるとか、どこぞの女社長に本気で口説《くど》かれているとか。とんでもない女ったらしで歯の浮く台詞《せりふ》を次々並べると言う者もいれば、真性のドSで優しさの欠片《かけら》もないと言う者もいて、伏見に関する噂に一貫性はなく、だから彼はきっと落とす相手によって自身の性格すら変えているのだろうというのがもっぱらの噂だ。

「王子は高嶺《たかね》の花すぎるとしても、とりあえず彼氏は欲しいな」

水音に混じり、浅井がきっぱりとした声で言う。とりあえずでいいのか、と思ったら、浅井の隣に立つ社員からも同じ疑問が上がった。

「だって今、特に好きな人はいないし」

「じゃあ誰か好きになるのが先でしょ？」

「いいの。私、好きって言われて初めて相手のこと好きになるタイプだから」

そんなまさか、と思う周平の前で、「わかる、私もそうだわ」と納得したような声が上がってちょっと愕然《がくぜん》とした。そんなことあり得るのか。

驚きを隠せない周平の前で浅井たちはようやく弁当箱を洗い終え、「じゃあ課長、お先に」とにっこり笑って給湯室を出ていった。異性に今の会話を聞かれたことに対する気まずさなんて微塵《みじん》も感じさせない、曇りなき笑顔だ。

男扱いされていないにもほどがあると思いながら、周平はワイシャツの袖《そで》を捲《まく》り上げて蛇口をひねった。

（……好きって言われたら好きになる、か）

そう言われても、まず自分が誰かに好きと言われた経験がないからその心境がわからない。それまでなんとも思っていなかった相手でも、その一言で見方がガラリと変わってしまうなんてことがあるのだろうか。でも、もし本当にそうだとしたら。

「女の人って怖いですね」

水音の響く給湯室に自分のものではない声が響いて、周平はギョッとして顎《あご》を撥《は》ね上げた。

振り返ると入口に立っていたのは、先程さんざんやり玉に挙げられていた伏見だ。

泡立ったスポンジを手にしたまま硬直する周平を横目に給湯室へ足を踏み入れた伏見は、ごく軽い口調で言った。

「なんか中で賑《にぎ》やかな声がすると思ったから廊下で待ってたんですけど、結構声が漏れるんですよ、ここ」

「あ、わ、悪いね、待たせて」

慌ただしい手つきで弁当箱を洗う周平の後ろを通り過ぎ、いいえ、と伏見は短く答えて部屋の奥に置かれたコーヒーサーバーの前に立った。

周平は洗剤の泡を洗い流しながら、横目で伏見の背中を見る。

先程エレベーターホールで見かけたときはきちんとジャケットを着ていたが、今はワイシャツ一枚纏《まと》っただけだ。それでもなお、伏見の背中は大きく見える。

実際伏見は体格がいい。こうしてシャツ一枚になるとよくわかるが、肩幅が広く、背中が厚い。身長も、もしかすると百八十以上あるだろうか。営業部の中では一番の長身だ。

ちなみに周平は百六十五センチ。特に体を鍛えたこともないので筋肉もついておらず、伏見とは一回りも二回りも体格に差がある。ここまで違うと羨《うらや》む気にもなれない。

そろりと伏見から視線を逸らしながら、一体いつから伏見は給湯室の前に立っていたのだろうと思う。廊下まで声が漏れていたというが、もしかすると伏見にまつわる黒い噂から何から全部聞いていたのだろうか。自分は一言も口を挟まなかったが、同じ空間にいただけに陰口を本人に聞かれてしまったようでいたたまれない。

（僕は別に、伏見君のことをそういうふうに見たことは――……）

「課長もああいうふうに思いますか」

周平が胸中で言い訳めいたことをこぼしたのとほぼ同時に伏見が口を開き、心の声を聞かれた気分で周平は慌てて振り返った。

「い、いや！　僕は決して、そんなふうには……！」

うっかり声が大きくなる。ホルダーつきの紙コップにコーヒーを注いでいた伏見は周平の剣幕に驚いたのか一瞬口を噤《つぐ》み、それからすぐ、ですよね、と頷いた。

「どれだけ相手に好きになったと言われても、こちらが好きにならないことだって十分あり得ますよね」

あ、と間の抜けた声を上げ、周平はごまかすように空咳《からぜき》をした。

（そ、そっちの話か……）

しかしさすが王子、言うことが違う。きっと過去たくさんの告白を受け、もうすっかり心が動かなくなっているに違いない。

周平は自分の目線より高いところにある伏見の横顔を見上げ、それもそうだと納得する。伏見を王子と呼びたくなる女子社員たちの気持ちもわかる。伏見は顔立ちが整っているのはもちろんのこと、ガチガチの筋肉質ではないがスーツを着たとき見栄えがするくらい体に厚みがあり、それでいてあまり男臭いところがない。男臭さの具体例を挙げるのは難しいが、髭《ひげ》が濃いとか汗臭いとか眉毛《まゆげ》が太いとか顎が割れているとか、つまりそういう事象から縁遠い。そしてすれ違うと微かに清涼な香りがする。まさに王子だ。

紙コップの中を見詰める伏見の涼し気な目元に、黒髪がさらりと落ちる。うるさそうに目を眇《すが》めると少し酷薄な印象になって、でも妙に艶《つや》っぽい。

鑿《のみ》で削ったように真《ま》っ直《す》ぐな鼻梁《びりょう》のラインをしげしげと見詰めていたら、ふいに伏見が目線だけこちらによこした。

美形の流し目は破壊力抜群だ。心臓が飛び上がるのと呼応して周平の上半身がびくりと揺れた。

十近く年下の相手に何をびくついているんだと自分を叱咤《しった》していると、伏見はコーヒーの入った紙コップを手にしながら独り言のように呟《つぶや》いた。

「好きって言われたから好きになって、それでうっかり結婚までいってしまったら、真相を知った相手はさぞ複雑な心境になるでしょうね」

伏見は踵《きびす》を返しながら言って、最後の言葉はほとんど体が給湯室から出ている状態で口から漏れていた。端《はな》から周平の返事など期待しているようではなかったから、もしかすると本当に独り言だったのかもしれない。

唐突に静けさを取り戻した給湯室で、周平はぼんやりと汚れた壁に視線を漂わせた。

（そう言われても、結婚なんてまるで想像がつかないし……）

自分が結婚をすることは生涯ないだろうと覚悟しているだけに、考える気にもならない。この年になってまだ恋人を作ったことすらないのだ。そもそも恋人がいたところで、やっぱり結婚には至らないだろう。

（日本で同性婚が認められるとも思えないしなぁ……）

出しっぱなしだった水を止め、濡《ぬ》れた弁当箱を小さく振る。女性陣に男扱いされないのは小柄だ童顔だという見た目の問題だけでなく、この性癖も由来しているのかもしれない。

周平の恋愛の対象は物心ついたときから一貫して、自分と同じ男性だ。


会社の最寄《もよ》り駅に入ったとき、なんとなく人が多いなと思ったら車内で急病人が出たとかで電車が遅れているらしい。ただでさえいつもより帰宅時間が遅いのに、ついていない。周平は溜息と共にホームの列の最後尾につく。

十月も終わりに近く、耳元を吹き抜けていく風は随分冷たくなった。まだコートを出すのは少し早いが、マフラーくらい用意しておこうか。ワイシャツの隙間《すきま》から忍び込んでくる寒風に首を竦《すく》めながらそんなことを考える。

（……今週もやっと終わりか）

金曜日はホッとする。反面、週末まで見て見ぬ振りをしてきた疲れが浮き彫りになる。

凝り固まった肩をほぐすようにぐるりと首を回すと、ホームに置かれた自動販売機に目がいった。最近車内広告でよく目にするカフェオレの缶が並んでいる。

また冷たい風が吹いて、買おうかな、と周平は思う。寒いし、まだ夕飯を食べていないから腹も空いている。ほんのりと甘いカフェオレの味を想像して財布の入った鞄に指を伸ばした周平は、留め具に手をかけたところでぴたりと動きを止めた。

指先に、ピリッとした痛みが走った。

乾いた紙で手を切ったようなそれに、周平はわずかに眉根を寄せ鞄から手を離す。

（まぁ、コーヒーならここでわざわざ買わなくても、家に帰ってからでいいか……）

両手で鞄を握り直すと、指先の痛みが静かに引いていく。いつものことだ。

時々周平は不思議に思う。こういうふうに、財布を開こうとするとどこか痛い気分になるのは自分だけなのだろうか。

買おうか買うまいか迷うとき、なんとなく、どこかが痛い。財布を開くとその痛みは一層鮮明になって、やっぱりなくてもいいや、と財布を閉じれば痛みが消える。結果として、周平が財布を開くのは食料品と必要最低限の生活用品を買うときだけになってしまう。

もう一度、自動販売機に目を向ける。

（百二十円かー……）

片手でくるみ込めてしまう小振りな缶コーヒーと、先日スーパーで買った大瓶のインスタントコーヒーの三九五円を比較して、やっぱり家で飲もう、と周平は思う。

そんなことを考えている間に周平は、ホームで電車を待っているのが寒くて、ついでに小腹が減っていたからカフェオレを飲みたかったことなどすっかり忘れているのだった。

会社から電車で四十分。そこからさらに歩いて十分ほどの場所に周平の住む社員寮はある。寮といっても寮母や食堂、大浴場などはなく、単に会社が所有しているアパートを格安で社員に貸しているというだけだ。

ユニットバスつきの六畳一間は、月の家賃が二万五千円。ワンフロアに五部屋が並ぶ四階建てのアパートはほぼ埋まっているはずだが、金曜の夜だからか窓から漏れる明かりはまばらだ。

さほど広い部屋ではないので、ベッドと正方形のローテーブルひとつ、小さなテレビと衣装箪笥《だんす》をひとつ置いたら部屋は一杯だ。

帰宅すると周平は作り置きのおかずと味噌汁《みそしる》、冷凍保存していた飯で夕食を終え、インスタントコーヒーに牛乳を注いだカフェオレを飲みながらローテーブルの上に家計簿を広げた。眼鏡は伊達なので、帰宅と同時に外している。

年末から書店に並び始める家計簿の表紙には、クロスステッチで刺繍《ししゅう》された花が印刷されている。社会人になってからというもの、周平は毎年この家計簿を買っていた。

テーブルの上に家計簿とレシートを並べ、今日の支出を書き出していく。といっても周平は弁当も飲み物も自宅から持っていくし、今日買ったものといったら帰りにスーパーで買った牛乳くらいのものだ。

毎日安心の九十八円。低脂肪乳なので安い。百円を割り込んだ出費だろうとなんだろうと、周平は丁寧に家計簿に書き込んでいく。

家計簿を見ていくと、その人物の生活スタイルがなんとなく把握できる。周平の場合は、平日の出費は極端に少なく、土日に食材や日用品をまとめ買いする傾向にあるのが窺《うかが》える。だから珍しく平日に買った牛乳の横には『カフェオレが飲みたかったから』と一言添えておいた。こうしておけば後で家計簿を見返したとき、どうして金曜日に牛乳だけ買ったのか思い出せるだろう。ついでに『電車の広告でよく見かけるカフェオレを自動販売機で見た』とも書いておく。周平にとってはちょっとした日記の役割も兼ねている。

ぱたんと家計簿を閉じると、天井から密やかな笑い声が降ってきた。

周平は普段あまりテレビをつけない。だから室内は静まり返って、上階や隣の部屋の物音が結構耳に入ってくる。最近上の階の住人は恋人ができたらしく、週末は微かに女性の声が聞こえるようになった。

（恋人か……）

テーブルに肘《ひじ》をつき、周平は家計簿に縫い取られた紫のパンジーに視線を落とした。

周平とて恋人に憧《あこが》れを抱かないわけではないが、なにぶんゲイである。同性の恋人を見つけることは、異性の恋人を見つけるよりも断然難しいことだろう。

自覚したのはいつ頃だろう。同級生と女子の話をしてもまるで興味が湧《わ》かず、何か妙だなと思いながらも高校生になり、担任だった数学の教師に胸ときめいて自覚したのだったか。相手は校内でただひとり二十代の若い教師で、もちろん周平と同じ男性だった。

思春期の頃は人並みに悩みもしたが、打ち明ける相手も見つけられない状態では結局ひとりで受け入れるしかなく、大学を卒業する頃には結婚と恋愛などすっかり諦《あきら》めていた。

とはいえやはり、一生に一度くらいは恋人というものを作ってみたくて、社会人になってから一度だけその手の店に行ったことがある。そういう場所なら自分と同じ嗜《し》好《こう》の者同士、ゆっくりと語らいながら親睦《しんぼく》を深められるのではないかと思って。

だが実際には、店に足を踏み入れた途端いっせいに向けられた値踏みするような視線と、ろくな会話も抜きに軽々しく、しかも性的な匂いを存分に振りまきながら体を触ってくる客の強引さに圧倒され、周平は逃げるように店を出た。周平の選んだ店が悪かっただけだったのかもしれないが、それ以来一度もその手の店は訪れていない。

(日常生活の中で恋人を探すのは不可能に近いだろうしなぁ……)

電車で隣に座った相手がゲイだったとか、社内で言葉を交わす相手がゲイだとか、そういうことはあり得ない。いや、あるのかもしれないが堂々と公言できる内容ではないのでそんなことはお互い永遠に気づけない。結果、何も起こらない。

クリーム色の表紙に咲く紫のパンジーに視線を落としたまま、周平は昼間会社で耳にした浅井の言葉を思い出した。

（脳内彼氏か……）

空想の中でだけでも恋人を作っておいた方が人生の幸福度が上がるという話だったか。本当かな、と思いつつ、もし脳内で恋人にするなら誰がいいだろうと暇に飽かせて考える。

芸能人、というのはなんだか現実味が乏しい。大体周平は滅多にテレビを見ないので最近人気の俳優が思いつかない。だからといって、昔の片想《かたおも》いの相手を思い出すのはなかなかにしょっぱい。むしろ気分が落ち込みそうだ。

適当に顔を知っていて、でも性格まではよく知らない人。できればそれなりに見栄えがいい人がいい、と思ったところで、伏見の顔が頭に浮かんだ。

（ああ、うん……彼なら、悪くないなぁ）

勝手に自身の妄想に引っ張り込んでおいて偉そうなことを思いながら周平は目を閉じる。

同じフロアで働いているので伏見の姿を見かけることは多いが、口を利いたことはほとんどない。本来営業部と購買部は何かとやり取りをする機会の多い間柄なのだが、伏見の案件を担当するのはいつも周平以外の誰かで、その誰かと伏見のやり取りを少し離れたところから耳にするのがせいぜいだ。他の営業の人間からはまんべんなく周平の元にも仕事が回ってくることを考えると、恐らく購買部の女性全員が水面下で伏見の仕事を取り合っているのだろう。

目を閉じたまま、伏見の声を思い出してみる。落ち着いた低い声には艶がある。口数は少なく、表情もあまり変わらない。女性に対してはことに素っ気ないようで、用件を終えるとすぐ自席に戻ってしまう。でも一度、同じ営業部の同僚と廊下で小突き合うようにして笑っている姿を見たことがあった。思いの外笑顔が幼く、期せずして目を奪われた。

社内ではほとんど表情の変わらない彼も、恋人の前では感情豊かに笑ったり怒ったりするのだろうか。密やかに微笑《ほほえ》んで、相手の名前を囁《ささや》いたりするのだろうか。

低く艶のある声で、自分の名前が呼ばれるとしたら、どんなふうに——……。

『——周平さん』

バチッと周平は目を見開く。

一瞬本気で声が聞こえたかと思った。妄想の中で伏見に囁かせた声はまだ生々しく耳の奥に漂っていて、慌てて首を左右に振る。

予想外に鮮明な声を想像できてしまったのは、きっと今日給湯室で伏見と言葉を交わしたせいだろう。あれが耳に残って、だから伏見が一度も呼んだことのない自分の名が、あんなにもすんなりと、しかもリアルに脳内で響いてしまった。

周平さん、なんて、伏見はもちろん他の誰にも呼ばれたことなどない。それどころか恋人にどんなふうに呼ばれたいかすら今まで考えたこともなかったのに、思いがけず飛び出した言葉に自分の願望を思い知らされた気分で顔が赤くなった。

（な、何してるんだ、僕は）

今更自分のしていることが恥ずかしくなった周平は、あたふたと立ち上がるとそのまま風《ふ》呂《ろ》に入ってさっさと眠ってしまうことにした。

慣れないことなどするものではない。

暗闇《くらやみ》の中で微かな物音がしたのは、布団に潜り込んで大分経《た》った頃だった。

パキ、と小枝の折れるような音がする。パキパキ、ミシミシ、木が軋《きし》む。

周平は最初、夢の中で森を歩いていた。靴の下で小枝が折れ、見上げると大きな木から伸びた枝が目に見える速さで成長して、見る間に空を覆い尽くしていく。枝が伸びると表皮が裂けて、ミシリ、と鈍い音がした。

頭上から何か落ちてきて頬に当たった。枝か、と思ったがやけにその感触が鮮明で、そこでようやく目を覚ました。それなのに、まだあのパキパキという音が聞こえている。

何か妙だ、と眉根を寄せ、周平は室内がうっすらと曇っていることに気づいた。それにひどくきな臭い。何かが焦げるような匂いがする。

パキ、という音が、昔キャンプをしたときに聞いた焚火《たきび》が爆《は》ぜる音に似ていると思った瞬間、周平はガバリとベッドの上で身を起こした。

室内が曇って見えるのは煙がうっすらと漂っているからだ。火事だと思うが早いか周平は台所に駆け込む。だが、台所に火の気はない。ならば隣の部屋かと、パジャマのまま廊下に飛び出した。廊下にはすでに異変を感じたらしい住人の姿がちらほらとあり、皆不安な視線を投げ合っている。

火元はこの階ではないのか。どうしたものかと周平も部屋の入口で二の足を踏んでいると、夜の静けさを打ち破るサイレンの音が近づいてきた。

その音で、廊下に出ていた人々の顔に緊張が走る。勘違いでもなんでもなくやっぱり火事だったのだと、たちまち周囲の動きが慌ただしくなった。

周平も部屋に戻って通帳やハンコなどの貴重品と会社の鞄をひったくって再び外に出た。そうしている間もどんどん焦げ臭い匂いは強くなってきて、サイレンの音も大きくなる。

貴重品だけ持ってパジャマのままアパートの外に出ると、すでに数台の消防車がアパートの側《そば》に停《と》まっていた。

アパートの駐車場に立って下から建物を見上げた周平は、一気に背筋が冷たくなってその場に棒立ちになった。

アパートの三階にある一室。ベランダの窓の向こうで赤い炎が天井を舐《な》めている。

本当に火が出ている、建物が燃えている。しかしそれ以上に周平の背を冷たくせしめたのは、今まさに炎に包まれているその部屋が、周平の部屋の真上だったからだった。


周平の住むアパートから出た火は、消防車が到着してから三時間ほどで鎮火した。木造のアパートで、しかもここのところ雨が降っていなかったものだからすっかり空気が乾燥していたらしく、随分火の回りが早かったようだ。

出火の原因は寝煙草《ねたばこ》だそうだ。幸い怪我《けが》人はいなかったが、火の元となった部屋の上下両隣の部屋は類焼を免れなかった。つまり、周平の部屋も無事では済まなかった。

すっかり火が消えてから部屋に戻ってみたものの、室内の状態は無残なものだった。何しろ火元が真上の部屋だから放水で水浸しだし、焼け焦げた天井も落ちてきて家具はほとんど使い物にならなくなった。衣類など身の回りのものも全滅だ。

周平が持ち出せたのは通帳とハンコ、会社の鞄に入っていた携帯電話と財布と眼鏡、それからローテーブルの上に置いてあった家計簿くらいのものだった。

とっさに目に入ったから思わず鞄に突っ込んだのだろうが、どうして家計簿なんて持ち出したのか。もっと必要なものがあったはずだろうと周平自身首をひねってしまうチョイスではあったが、冷静な判断などできないくらいに気が動転していたのだろう。

家財道具を一切失いパジャマ姿で呆然とする周平に、それまでほとんど面識のなかったアパートの住人が服を借してくれる場面もあり、周囲の人々よりやや遅れて冷静さを取り戻した周平は、とりあえず会社の用意した家具備えつきのウィークリーマンションで暮らすことになった。火事のあった翌日は土日だったので、休日は久々に片道三時間かけて実家に戻り、ボストンバッグに下着やタオルなど必要最低限の身の回り品を持って帰ってきた。スーツも二着買い揃《そろ》え、会社に通える体裁だけはなんとか整え月曜を迎えた次第だ。

会社の対応は早く、翌週には寮に住んでいた社員のほとんどは新しい住処《すみか》を宛《あて》がわれていた。会社で所有する寮は他に三つあるので、空いていた部屋を斡旋《あっせん》されたり、寮とは別の新しいアパートを紹介されたり、実家の近い者はとりあえず家に戻ったりもしたようだ。

周平はさすがに実家からは通いきれずウィークリーマンションで生活していたのだが、火事のあった翌週の金曜日、ようやく総務部に呼び出された。

「都内ではないんだが、会社から一時間以内で通える場所にアパートを見つけられてね」

午後一で総務部にやってきた周平に、総務部の部長はデスクに座ったまままゆったりと切り出した。その言葉に、若干周平の表情が曇る。できれば別の寮に移りたいと申し出ていたのだが、やはり無理だったようだ。収入がまだ少ない新入社員や役職についていない平の社員が優先的に空いている寮に移ることになるだろうとは部長からも言われていたのだが。

（……寮は破格だからありがたかったんだけどなぁ）

仮にも課長の周平は寮から外されてしまったらしい。

道理といえば道理だと周平が不承不承頷くと、部長が一枚の紙を周平の前に差し出した。デスクを挟んで部長の前に立っていた周平はそれを受け取って、目を丸くする。

「これが君の部屋になるが、どうだろう」

そこには2DKの間取り図と、家賃十万円の文字が躍っていた。

都内ではないとはいえ、会社から一時間でこの広さで駅にも歩いて行ける距離で十万円はそう悪くない物件なのかもしれない。だが、入社以来ずっと家賃二万五千円の寮で暮らしていた周平にとっては信じられない高額物件だ。

「ぶ、部長、僕はこんな、広くなくても、一間で十分――……」

「まあそうだろうとは思うんだが、今すぐ入居できる部屋はそこしか見つからなかったんだ。寮を管理している不動産屋が見つけてくれたものでね、悪くないと思うんだが」

部長は悪気なくそんなことを言う。課長である周平が、十万円の物件を前に「高すぎる」と青褪《あおざ》めているなんて夢にも思っていない顔だ。

周平が必死で当たり障りのない断りの言葉を探していると、デスクに座っていた部長が弱り顔で周平の顔を覗き込んできた。

「それで、実は室木君にもうひとつ提案があるんだがね」

鬼の形相で十万円の文字を見詰めていた周平が我に返って顔を上げると、部長は言いにくそうに口元をもごもごと動かした。

「提案というか、お願いに近いんだが……君の他にもうひとり、どうしても部屋の見つからない者がいてね。だが不動産屋の話では、今後しばらく条件に合うような物件は見つかりそうもないと言われてしまったんだ」

はぁ、と周平は曖昧《あいまい》な相槌《あいづち》を打つ。部長の話がどこに落ち着くのかよくわからない。

部長は周平の持つ紙を指差して、困ったように笑った。

「君の部屋は、ひとりで暮らすには少し広いだろう？　だから、できればルームシェアなんてしてもらえるとありがたいんだが……どうだろう？」

言われた瞬間、周平は素早く家賃を二分する。二人で住めば家賃が五万円になる。それならまだなんとか受け入れられる金額だ。願ったり叶《かな》ったりじゃないかと思うが早いか、周平は力強く頷いていた。

「お、いいのかい？」

部長の声も嬉《うれ》しそうに跳ね上がって、周平はもう一度頷く。ひとりで無駄に広い十万円の部屋に住むくらいなら、同居人がいても五万円の部屋に住む方がずっといい。

周平の返答に、部長はようやく全員の新居が決まったとその場で万歳三唱をした。見れば部長の目の下には濃いクマができていて、きっと火事の後は焼け出された社員の新居探しの他、労災だの火災保険だのの処理でてんてこ舞いだったのだろう。

「ところで、一緒に暮らす相手はもうルームシェアの件は了解しているんですか？」

ようやく肩の荷が下りたとばかり大きく伸びをしていた部長に尋ねると、部長は組んだ両手を天井に向けながら、もちろん、と笑顔で頷いた。

「彼は実家から通おうと思えば通える距離だから、最初は家に戻ってくれないかと持ちかけたんだ。そうしたら、ルームシェアでも構わないと彼の方から言い出してね。彼の場合は家具や家電はほとんど無事だったというし、家具ごと実家には帰れないからと言って」

「ちなみにその相手って、誰です？」

なんの気なしに尋ねると、部長からも気楽な答えが返ってきた。

「伏見君だよ、営業部の。知ってるかい？」

はい、と頷いた周平は、そのまま顔を上げられなくなる。

そして、どうしてルームシェアを了承する前に同居する相手を尋ねなかったのかと、軽く自分を呪《のろ》った。


月曜の朝、周平は毎日会社に持っていく鞄の他に、大きなボストンバッグを持ってウィークリーマンションを出た。そして定時後、それらを抱えて新しいアパートに向かった。

伏見は土日に引っ越し作業を終え、先に入居しているそうだ。

地図を片手にアパートの前までやってきた周平は、さほど荷物も入っていないはずなのにずしりと肩に食い込むボストンバッグを力なく抱え直した。

アパートは二階建てで、ワンフロアに三部屋が並んでいる。周平が入る部屋は二階の一番端で、廊下に面した部屋の窓からはすでに明かりが漏れていた。

（……もう帰ってるんだ）

今日に限って会社で伏見の姿を見かけず、ホワイトボードを見たら客先に直行直帰と書いてあった。ということは直接部屋で顔を合わせることになるのだなとは思っていたが、できれば先に部屋にいるのは自分でありたかった。部屋に伏見が待ち構えていると思うと、なんとはなしに緊張する。

周平はひとつ大きく深呼吸をしてからアパートの階段を上って部屋の前に立った。

すでに鍵《かぎ》は手渡されている。このまま開けるかチャイムを押すか、少し迷ってから結局鍵穴に鍵を差し込んだ。わざわざ伏見に玄関先まで出てこさせるのも気が引ける。

扉を開けると正面に狭い廊下が伸びていて、右手に扉が二つあった。見取り図を見ると、手前がトイレで奥が風呂場らしい。突き当たりにも扉があり、その向こうがダイニングだ。

「し、失礼します」

自分の部屋だというのに一応そう声をかけてから周平は部屋に上がる。

恐る恐る扉を開けてダイニングに入ったが、伏見の姿はない。六畳ほどのダイニングはがらんとして、備えつけのエアコン以外は家具ひとつなかった。

ダイニングの中央に立つと、小さなカウンターの向こうにキッチンが見えた。意外と洒落《しゃれ》た作りだ。キッチンには冷蔵庫と電子レンジが置かれている。家電は備えつけではないはずだから、伏見のものだろう。

キッチンの向かいには、隣室に至る引き戸が二つある。このどちらかの向こうに伏見がいるのか、と思ったら、いきなり片方の戸がガラリと開いて中から伏見が現れた。

それまでまるで物音がせず、伏見がいるのかどうかも定かでなかっただけに周平は驚いてその場でたたらを踏んだ。悲鳴を上げなかっただけ上出来だ。

引き戸から顔だけ覗かせた伏見は周平を見ると、ああ、と軽く会釈をした。

「すみません、もう来てたんですね。ちょっと寝てたもので、気がつかなくて」

ダイニングに出てきた伏見は上下揃いの黒いスウェットを着ていた。初めて見る伏見の私服姿に気をとられ、周平の返答が遅れる。

(い……意外と普通の格好してるんだな……)

会社では王子と呼ばれることの多い伏見だ。購買部の部下たちが「王子って休日は絶対細身のジーンズに鎖骨の見える黒のセーターとか着てるよね！」「もしくは開襟の白シャツとかね！」などと盛り上がっているのをよく耳にしていただけに、すっかりそんなイメージを持っていたのだが。

まじまじと伏見の姿を眺めていると、伏見が小さく首を傾《かし》げた。

「どうかしましたか?」

「え……あ、いや、別に、なんでも……!」

我に返った周平が慌てて首を横に振ると、伏見は少し不思議そうな顔をしたものの、すぐにゆっくりとダイニングを見回した。

「引っ越し、手伝おうと思ってたんですけど……荷物、それだけですか」

周平が肩にかけているボストンバッグを見ながら伏見が尋ねてきたので、周平は頷いてそれを床に下ろした。

「僕の部屋は出火した部屋の真下だったからね。ほとんど何も持ち出せなかった」

そうだったんですか、と伏見は目を伏せる。長い睫《まつげ》が頬に影を落とし、唐突に伏見の美形振りを再認識させられた気分になって、周平は視線をさまよわせた。

予想外に庶民的な格好をしていた衝撃に気をとられてすぐには気がつかなかったが、やはり伏見はどんな格好をしていても様になる。量販店で売っていそうな黒のスウェットですら、伏見を野暮ったく見せるには至らない。男前は何を着たって男前だ。

(か、彼と、今日から一緒に暮らすのか……)

うろたえた表情を悟られぬよう、周平も一緒に視線を落とす。なんとなく伏見の顔を見ているといたたまれない気分になるのは、火事のあった日、伏見を脳内彼氏の役に据えてしまったことがまだ尾を引いているからだ。伏見と正面切って視線を合わせると、不埒《ふらち》な思いを見透かされてしまいそうで怖い。

こんな調子で伏見と共同生活なんてやっていけるのだろうかと周平が項垂《うなだ》れていると、伏見が「あの」と控え目に声をかけてきた。

「とりあえず、部屋にあるものは好きに使ってくれて構いませんから。冷蔵庫とか、洗濯機とか。キッチンの棚に食器も入ってますから、必要ならそれも」

「え？　あ、ありがとう……」

いいえ、と首を振ってから、伏見は軽く頭を下げた。

「今日からよろしくお願いします。俺、あっちの部屋使ってるんで。うるさかったら言ってください」

「あ、こ、こちらこそよろしく」

互いに頭を下げ合うと、伏見は「じゃあ」と身を翻した。

「俺、部屋に戻るんで。何か気になることとかあったら声かけてください」

そう言って、伏見は先程出てきた部屋に戻っていく。引き戸が閉まり、しばらくすると扉の向こうから微かにテレビの音が聞こえてきた。

周平は家具ひとつないダイニングの真ん中に立って、小さく目を瞬《しばたた》かせる。ルームシェアとはいうものの、周平が思っていたよりは互いに干渉しない生活を送ることになりそうだ。

（……そうだとしても、やっぱりちょっと、落ち着かないなぁ）

なまじ伏見を妙な妄想に引っ張り込んでしまっただけに、どうも意識してしまう。忘れようと思えば思うほど、いつか脳内で響いた伏見の声が蘇《よみがえ》る。

周平さん、と自分を呼ぶ伏見の声。記憶から薄れかけていたと思っていたそれが、こうして間近で伏見の声を聞くことで俄《にわ》かに鮮明になってしまう。

（ああ、もう……ちゃんとやっていけるのかな）

こうなったら一刻も早く新しいアパートを見つけなければ。総務部の部長には、寮で空きができ次第そちらに移らせて欲しいとは言ってあるが、大人しくそれを待っていられるような心境ではない。

周平はちらりと伏見の部屋の扉を見ると、隣の部屋に聞こえぬようにごくごく小さな溜息をついた。


会社の窓はどうしてこうも大きいのだろう。天気のいい日は少しそれが恨めしい。

空はあんなにも青く、日差しは燦々《さんさん》と眩《まぶ》しく、眼下に見える車道の分離帯に生えた草も気持ちよさそうに風に揺れているというのに。それらを見せつけられながら仕事をしていると、時々どこか遠くへ行ってしまいたくなる。

「試作機一台、入ったよ」

抜けるような青空を横目に周平がA4サイズの資料を掲げると、周囲から一挙にブーイングが上がった。

「またですか！　今月に入って何台目です！」

「もういい加減にしてくださいよ、こっちは量産機で手一杯なんですから！」

「うんうん、君たちの言い分はもっともだ。技術と営業に言っておこう」

そこここで上がる不満を軽くいなして、周平は資料を浅井に手渡す。浅井は不満こそ口にしなかったものの、その表情は毛虫でも見つけてしまったかのごときしかめっ面だ。

皆が試作機を嫌がる気持ちは周平もわかる。大抵納期が短く、しかも発注途中で部品が変更になったりする。実際使ってみたら不具合が生じたと急遽《きゆうきよ》別の部品を求められることもざらだ。過去に購入実績のない部品があったりすると、まず取扱店を見つけるのに時間がかかり、詰まる話が、手間が多い。

それでも試作をすっ飛ばして量産に突入なんてしてしまったら一気に大量の不良品を作ってしまうことにもなりかねないので省けるような工程ではない。

周平は周平でなかなか納期を短縮してこない業者の催促に忙しく、毎日の日課になりつつある納期確認の電話をしようと受話器を取る。と、デスクの隅にそっと一枚の紙が置かれた。周平に気づかれないようにしたつもりかこっそりと置かれたそれを見て、周平はガチャンと大きな音を立てて受話器を置いた。

「社長印のない購買申請書には目を通しませんよ」

言いながら横を見ると、今まさに周平のデスクから離れていこうとしている男の背中が跳ね上がった。振り返ったその人物は、技術部の森平《もりひら》だ。

静電気防止ジャンパーを着た森平は周平と年が近いせいか、いつも気安く声をかけてくる気のいい男なのだが、少々ルーズなところがいただけない。デスクの上の申請書を手に取ると、案の定社長印は押されていなかった。

森平は周平の席に取って返すと、だって、と裏返った声を上げた。

「社長出張中で来週にならないと帰ってこないんだもん！　帰ってきてもすぐに購買申請書に判子押してくれるわけじゃないし、間に合わなくなっちゃうよ！」

周平より四つばかり年上のくせに、まだ変声期途中のような高い声で森平が泣きついてきて、周平は仏頂面のまま申請書をめくった。

社内のルールでは技術部で部品が必要になった場合、まず社長に購買申請書を提出する。それに社長が判を押し、申請書が購買部に回ってきて初めて部品が発注されるのだが、実際は社長が不在だったり申請書に目を通す暇がなかったりして、技術から直接購買部に申請書が回ってくることも少なくない。

購買部としても社長の判子を馬鹿正直に待っていても、部品を集めるための時間が減っていくだけでメリットは少ないのが実情だ。

周平は溜息をついて申請書を森平の前に突き返した。

「申請書の原紙は社長の机の上に置いておいてください。コピーを持ってきてくれれば、それでとりあえず動き出しますから」

「ほんと⁉　うわぁ、助かる！」

森平はその場で一跳ねすると喜び勇んでコピー機の元へ駆けていった。

（本当はこういうイレギュラーなことばっかりしてると、どこかで仕事が抜けたりするからやりたくないいんだけど……）

森平の後ろ姿を見送って、仕方ない、と周平が苦笑すると、部下のひとりがＡ４サイズの資料を手に周平の元に歩み寄ってきた。

「課長、部品の見積もり全部とれたんですけど、これで発注していいですか？」

試作器を担当していた部下が差し出してきた資料を受けとり、周平はその場でざっと内容を確認する。途中、周平の目がぴたりと止まった。

「この部品、メーカーにサンプル依頼するとタダでもらえるよ」

言いながら、周平は該当する部品に蛍光ペンで印をつける。

「普通に発注すると結構時間がかかるから……まだこの会社にサンプル依頼したことなかったよね？　初回だと対応してくれるから。僕もしたことがある」

「同じ会社の人間が何度もサンプル依頼しても大丈夫なんですか？」

「そこは大丈夫。サンプル依頼を送ってきた人間のメールアドレスで初回かどうか判断してるみたいだから」

他はこのままでいいよ、と告げて周平は資料の隅に承認印を押す。

「その部品、実際使用するのは二個だけど、最低発注数は十個でしょう。試作の段階ではまだその部品を採用するかどうかわからないから、極力必要数だけ手に入れられる方法を考えた方がいい」

資料を部下に返しながら、周平は眼鏡の奥の目をわずかに緩めた。

「部品を買うときは、自分のお財布からお金を出す気持ちでね。会社のお金、なんて思わないで」

周平の言葉が終わるのと同時に浅井が席を立った。

時計を見ると、ちょうど昼休みの始まる時間だ。

「自分のお財布からお金を出す気持ちでね、って課長に言われると、なんか妙に説得力があるんですよねー」

会議室でいつものように部下たちと弁当を広げていると、ふいに浅井がそんなことを言い出した。何事かと思えば、斜め前から首を伸ばして周平の弁当を覗き込んでくる。

「今日はカボチャ尽くしのお弁当ですね。カボチャサラダにカボチャのコロッケ、カボチャの煮つけ。カボチャ、安かったんですか？」

「うん。二分の一カットで九十八円」

「課長って八百屋のおじさんにまで値切ってそうですよね」

「そこまではしてないよ。見切り品をチェックするくらいで」

浅井はジッと周平の弁当を見たまま、感慨深気に呟いた。

「課長が試作機の見積もりとると、やたら原価が落ちる理由がわかった気がします」

周りの部下も無言で頷いて、周平本人だけが何を言わんとしているのかよくわからない。返す言葉もなくもそもそとカボチャの煮つけを食べていると、ふいに浅井が顔を上げた。

「そういえば課長、今王子と同居してるんですよね？」

「え……っ」

どうしてそれを、と尋ねるより先に、ワッとその場にいた部下たちが食いついてきた。鯉《こい》の泳ぐ池にパンでも投げ込んだようだ。部下たちが次々と口を開く。

「どうですか、王子との生活は！」

「王子いつもどんな感じですか？　いきなり女連れ込んだりしませんでした？」

「もしかして王子と一緒に食事とかしてるんですか？」

少しでも伏見のプライベートな情報を得ようと矢継ぎ早に質問を浴びせてくる部下たちに、周平は箸を咥《くわ》えて押し黙る。しばらくして、ようやくすべての質問が出切った後、周平は暗い目をして質問とは関係のないことを口にした。

「……皆、ドライヤーを使った後はコンセントを抜く？」

周平の質問の意図が摑《つか》めなかったのか、きょとんとした表情で顔を見合わせる部下たちの中で、真っ先に声を上げたのは浅井だ。

「抜きませんね」

きっぱりとしたその声に、会議室のあちこちから同意の言葉が続いた。

「ドライヤーは抜かないですね。コテだったら後でしまうから抜くけど……」

「ドライヤーは洗面所に置きっぱなしだし、抜きませんよ。いちいち抜くの面倒臭いじゃないですか」

周平は目を閉じると、そうか、と呟いてしばし天を仰いだ。

（やっぱり僕がおかしいのか――……）

伏見との共同生活を始めてから一週間。他人と暮らしてみて初めてわかった。どうやら自分は世間一般で言うところのドケチらしい。

そしてもうひとつ思い知ったのは、他人と暮らすのは非常に難しいということだ。伏見がどうというより、価値観の違う二人の人間が共に暮らすということにもう無理がある。

周平としてはただでさえ家賃が上がってしまったので生活費を切り詰めようとしているのに、伏見にはどうやらそんな気がまるでないらしい。その上周平がこれまで当たり前にやってきたことが、伏見にとってはちっとも当たり前ではないようなのだ。

たとえば伏見は玄関やトイレの電気をよく消し忘れる。冷蔵庫を全開にしてじっくりと中を覗き込んだり、風呂が沸いてもすぐには入らなかったりする。ようやく風呂に入ったと思ったら今度はテレビをつけっぱなしにしていて、それらを目の当たりにするたびに、「どうなってるんだ！」と声を荒らげてしまいそうになるのだ。

電気代がもったいないとかガス代がもったいないとか、伏見はそういうことを欠片も考えずに生活しているようだが周平には耐えられない。どうしてマメに電気を消さないのか、どうして誰も観《み》ていないテレビをつけっぱなしにしておくのか、どうして冷蔵庫を開ける前に何を取るか考えないのか、追い炊きの風呂は放っておいたら湯が冷めて、何度でも温め直されるという事実になぜ気づかないのか、問い詰めたくて仕方がない。

ドライヤーの一件だってそうだ。周平はいつも使い終わるとコンセントを抜いておいた。だが伏見はそれをしない。自分が当たり前だと思っていたことが他人にとっては当たり前でもなんでもないのだと思い知らされた一端だ。

これが赤の他人だったらそこまで気にはならなかった。コンセントを抜かなくても電気を消さなくても、そういう人もいる、とやり過ごすこともできた。

だがそれが同居人となれば話は別だ。

ガス代も電気代も、光熱費はすべて伏見と折半しなくてはならない。自分が使ったわけでもない、むしろ無用に垂れ流された電気やガスのために金を払うのは非常に抵抗があった。

(君の方が多く電気を使っているから光熱費は四分六にしよう、とは言えないし……)

伏見よりも九つも年上で、ついでに役職までついている自分が年若い伏見にそんなことを言うのはあまりに大人気ない。

事実自分がケチだったとしても、他人にそう思われるのは決まりが悪い。それにこの共同生活だって互いに新しい部屋が見つかれば終わる。短い期間、できれば穏便に過ごしたい。

(でももう本当に……限界だ……)

昨日は伏見が風呂に入った後、伏見の部屋から漏れるテレビの音に気づいて無断で伏見の部屋に乗り込むところだった。そこは伏見の私的な空間で無闇に立ち入ってはいけないことくらい十分承知していたが、それでも危なかった。このままでは本気で各機種共通のリモコンを買ってしまいそうだ。そうすれば、伏見の部屋に入らずとも引き戸越しにテレビを消せる。でもできれば、主電源から落としたい。

目を閉じたままつらつらとそんなことを考えていたら、周平の瞑想《めいそう》に飽きたのか浅井が横から声をかけてきた。

「ねえ課長、王子って普段どういう生活してるんです？」

目を開けた周平は、瞳を輝かせてこちらを見ている部下たちに乾いた声で答えた。

「……わりと浪費気味、かな」

わぁっ、と周囲で歓声が上がった。

「やっぱりね！　王子だったらそうだよね！」

「週末とか凄《すご》い高いワインとか飲んでそう！」

「似合う似合う！　お取り寄せの肉とかチーズとかばっちり揃えてね」

いや、そういうことじゃなく、と周平は胸の中で否定する。

毎晩コンビニの弁当を買ってくるとか――なんでもかんでも定価でしか売らないコンビニで買い物をしている時点で周平にとっては結構な浪費だ――この前部屋の扉が少し開いていて、見るともなしに見てしまったらテレビを観ながらマンガを読んでいたとか――マンガを読むならテレビなんて消せばいいのに――そういう浪費なのだが。

目の前ではしゃいだようにあれこれ想像を膨らませる部下たちの夢を壊すのも忍びなく、周平は黙って弁当箱の中のカボチャコロッケを箸で割った。

会社帰り、アパートの最寄り駅近くにあるコンビニの前を通ると、伏見の顔を思い出すようになった。伏見が毎日このコンビニの袋を手に帰ってくるからだ。

十一月に入ってますます冷たくなった風に首を竦めながら、コンビニ弁当って四百円近くするのに、とつい周平は計算してしまう。毎日夕食をコンビニで済ませたとしても一ヶ月で一万二千円。昼食はまた別にかかるから、下手をすると三万を超える。ちなみに周平の月の食費はその半分だ。

周平は社会人になってひとり暮らしを始めてからというもの一貫して自炊だ。新しいアパートに移ってからも、伏見の鍋《なべ》や包丁を借りて毎日食事を作っている。伏見は調理道具を一揃い持っているものの、まだ一度もまともにキッチンに立っている姿を見たことがない。

休日の昼に食事を作っていると、伏見を誘った方がいいのかと思うときもある。一緒に暮らしているし、どうせ多目に作るし、ガス代や水道代は伏見にも折半してもらっているし。でも、もしも伏見と食事をするのが習慣化してしまったら。そのとき伏見は食材費を折半してくれるだろうか。これまでの生活態度を見ているとそういうところにまで気が回らなそうに見えるのだが。

そんなことを考えてしまうともう気楽に誘えない。結局出来上がった料理と共にそそくさと自分の部屋に戻ってしまう。ここまでくると、さすがに自分の狭量さにうんざりした。

(やっぱり僕はドケチなんだ……他人と一緒に暮らすのは無理なんだ……)

気落ちして歩いていると、駅前の大通りがやけに賑やかなのに気がついた。なんだろう、と辺りを見回すと、車道の左右にぽつぽつと出店が並んでいる。

大通りを真っ直ぐ進み、十字路に差しかかるとさらに出店の数が増えた。通りを右手に曲がった先に大きな神社があるようだ。鳥居の前にのぼりが立って、酉の市《とりのいち》、と赤い布に白地で染め抜かれている。

(そうか、もう十一月だから……)

前に住んでいた寮の側には神社などなかったから、酉の市を見るのは久々だ。

裸電球をぶら下げた屋台の下では、つやつやと光るリンゴ飴《あめ》や湯気を立てるたこ焼き、アニメのヒーローがプリントされた袋に入った綿あめがずらりと並んでいる。

華やいだ通りの景色《けしき》を見遣り、周平はひとつ鈍い瞬《まばた》きをする。視線は屋台から漏れる光に釘《くぎ》づけになったままだったが足はまるでその方向に向かず、結局周平は大通りを右に曲がることなくアパートに向かって歩き出した。

まだ慣れない帰り道を歩いてアパートに戻ると、部屋から明かりが漏れていた。

伏見が先に帰っているのは珍しい。そういえば今日は客先に直行とかで、朝は周平の方が先に部屋を出たのだが。

(……伏見君が電気を消し忘れて家を出ていたりしたら、どうしよう)

まず朝から電気をつけるという習慣のない周平は、またぞろ腹の奥に溜《た》まっていくモヤモヤを掌《てのひら》でさすって宥《なだ》めてから部屋の鍵を開けた。

玄関先には伏見の靴が爪先《つまさき》を揃えて置かれていて、もう帰っていたんだと周平は少しホッとする。自分も靴を脱ぎながら眼鏡のフレームに指をかけて、途中で思い留《とど》まった。

周平の眼鏡に度は入っていない。少しでも童顔をごまかすためにつけているだけで、これまでは帰るなり外していた。だが、引っ越してからは常に伏見の目がある。

いつものくせで外しそうになった眼鏡のブリッジを押し上げ、廊下を歩いてダイニングへ向かう。途中、随分とテレビの音が大きいなと思ったら、なぜかダイニングにテレビ台とテレビが置いてあった。

伏見の部屋にあるはずのテレビがなぜこんな所に、と視線を巡らせた周平は、ダイニングの中央にいた伏見と、そこにあるものを見て目を見開いた。

「お帰りなさい、課長」

いつからなのか定かでないが、伏見は周平のことを課長と呼ぶ。同じ部でもないのに、もしかして名前を覚えていないんじゃないのかと疑っていたりするのだが、今の周平にそんなことにこだわっている余裕は微塵もなかった。

「ふ、伏見君、それ――……」

「通販で買ったんです。今日届く予定だったので」

そう言って、伏見は掌で軽くテーブルを撫《な》でた。そう、テーブルだ。

ダイニングの中央には、昨日までなかった長方形のダイニングテーブルと、揃いの椅子《いす》が二脚鎮座していて、伏見はその椅子のひとつに腰かけてテレビを観ていたのだった。

「な、なん、なんで、急に――……」

「すみません、相談もせずに。でも、こういうのがあった方がいいかと思って」

「いや、そういうことじゃなくて……」

周平は脱力して手にしていた鞄を床に取り落としてしまいそうだった。

ダイニングに置かれたテーブルはかなり大きい。以前の寮のような六畳一間の部屋にはとても収まりきらない大きさだ。そんなものを買ってしまうなんて、周平は伏見が何を考えているのか本気でわからない。この部屋でずっと暮らすのならまだしも、引っ越したら無用になってしまうかもしれないのに、こんな大きな買い物がなぜできる。

仕事柄、ひとつ数百円の部品ですら、まだ試作の段階だから買わずにサンプルで済まそうと考える周平にはまるで理解できない。部屋の入口に立ち竦んでいつまでも動けずにいる周平に、伏見はテーブルに肘をついたままゆったりと言った。

「課長も使ってください。いつも部屋で食事してるんでしょう?　テーブルとかそういう家具ないみたいだから、これまで不便だったでしょう」

伏見の言葉で我に返って、周平はぎこちなく頷いた。

確かに、周平の部屋に家具はない。以前使っていたものは全部火事で駄目になってしまったし、せいぜいワイシャツやスーツを吊《つ》るすハンガーラックを買ったくらいでテーブルまでは用意していない。だから食事を作ったら部屋に持っていって、床に食器を並べてその場に腰を下ろして食事をしていた。

不便は不便だった。そのうち会社から余った段ボールでも持ってきてテーブル代わりにしようと思っていたのも事実だが、新しい家具は次の部屋が見つかってから揃えようと思っていた。そちらの方が引っ越しも楽だし、運搬費用も浮く。

しかし伏見はテーブルを買ってしまった。しかもそれを自分にも使えと言う。つまりこれは、二人の共有品ということになるのだろうか。ならば自分も少しぐらい出資するべきか。

「……は、半額出そうか……?」

断腸の思いで尋ねてみた。

すると、よほど思いがけない申し出だったのか伏見は目を丸くして、いえ、と小さく首を横に振った。

「俺が勝手に買ったものですから、そんなことは気にしなくても……」

「そ、そう……かい?」

露骨にホッとした口調になってしまった気がして周平は慌てて唇を引き結ぶ。そんな周平の心の内を知ってか知らずか、伏見はさらりと「気にせず使ってください」と言い添えた。

伏見は部屋の入口近くに置いてあるテレビに体の左側を向けるようにしてテーブルについている。もうひとつの椅子はキッチンの入口に近い方、テレビの真正面に置かれていた。ここが周平の席らしい。

テレビを観る時間が長いのは伏見の方だから席を変えた方がいいのではないかと思ったが、テーブルの上に並んだカップラーメンの空き容器や週刊誌を見て気が変わった。伏見の座っている場所は長方形のテーブルの辺の長い方だ。テレビを正面から見るよりも、左右にものを並べられる環境の方が伏見にとっては重要らしい。

どうにかこうにか平常心を繕った周平は、部屋に戻って鞄とジャケットを置くと夕飯の支度をするべくダイニングに戻った。本当は部屋着に着替えてしまいたいところだが、なんとなく伏見の目が気になってそれもできない。

キッチンに立つと、嫌でもダイニングにいる伏見の姿が目に入る。黒のスウェットを着て、マンガを読みながらテレビをつけている。

（……こうしてみると、なんだか学生みたいだな）

相変わらず伏見の顔立ちは整っている。目元が涼し気で、鼻筋が通っていて、前髪の下で目を眇めるとちょっと冷たい印象になる近寄り難いくらいの美形だ。だが、こうしてスーツを脱いですっかりくつろいでいる姿は、自分が大学生だった頃周囲にいた友人たちと大差ない。こんなとき、伏見が自分よりずっと年下であることを強く意識する。

（育ちざかりの男の子が夕飯にカップラーメンとか、どうかと思うけどなぁ……）

ラーメンの空容器以外、何か食べた形跡の窺えないテーブルを横目に周平は食事の準備を始める。と言っても、週末に作り置きしておいた煮物や冷凍保存してある飯があるので、用意するのは味噌汁くらいのものだ。

　余っていたカボチャで周平がすいとんを作っていると、それまで静かにマンガを読んでいた伏見がぱたんとそれを閉じて立ち上がった。

「俺、先に風呂入ってきていいですか」

　これまではお互いダイニングで顔を合わせることなどほとんどなく、自分の部屋だけで過ごすことが多かったからこんなお伺いを立てられるのは初めてだ。面食らいつつも周平が頷けば、それじゃあ、と伏見はそのまま風呂場へ行ってしまう。

　もう風呂が沸いているのかと思ったが、キッチンの給湯リモコンを見ても風呂のガスはついていない。しばらくすると、風呂場からシャワーの音が聞こえてきた。今夜はシャワーで済ませるようだ。それとも伏見は風呂にはつからずシャワーで済ませる派だったのか。これまでは周平が風呂を沸かしていたので、ついでに一緒に入っていただけかもしれない。

　シャワーを出しっぱなしにするより浴槽に湯を溜める方が残り湯を使える分節約になると思っている周平は低く唸《うな》る。こうしてみると、何から何まで伏見とは生活様式が違う。

　悶々《もんもん》とした気分をやり過ごして食事の支度を終えた周平は、少し迷ってからダイニングテーブルに食器を並べた。伏見がつけっぱなしにしていたテレビを消して椅子に腰かけると、自然と口からくつろいだ吐息が漏れた。食器を直接床に並べるよりも断然快適だ。

　広々として、でも何ひとつ家具のなかったダイニングに、今はテレビと大きなテーブルがある。それだけで随分室内は居心地がよくなった。

こういうものが必要だと思ったという伏見の感覚は、多分間違ってはいないのだろう。しかし、だからといって本当にダイニングテーブルを買ってしまう伏見の行動力に周平は驚く。こんな大きな家具があったら、次の部屋を探すときにどうしても選択肢が狭まってしまいそうなものなのに。

(まあ、何にどうお金を使うかなんて個人の勝手だから、いいのかなぁ……)

多少腑《ふ》に落ちない気分はあるもののそう解釈した周平は、食事を終えると早々に席を立って食器を洗った。

普段ならそのまま自室にこもるところだが、今日は家計簿を手にダイニングに戻ってくる。家計簿も床に直接置いていろいろと書き込むのは落ち着かず、週末にした買い物の内容をまだ記入していなかった。

テーブルについて家計簿を広げると、なんとも心が安らいだ。ページの隙間に挟んでいたレシートを並べて内容を書き写していると、ようやく日常が戻ってきた気分になる。

スーパーのレシートを眺めながら、近所のスーパーは以前通っていた店より豆腐が高いとか納豆が安いとか黙々と周平は考える。普段はスーパーと薬局のレシートがほとんどなのだが、今週はホームセンターのものも目立った。布団やハンガーラック、ネクタイなど、やはり火事の後は何かと出費がかさんでいる。

真剣な面持ちでレシートを追っているうちに周囲の状況も忘れ、シャワーの音がやんだら部屋に戻ろうと思っていたのに、いつしかシャワーの音すら聞こえなくなっていた。

だから周平はダイニングの扉が開いたとき、それがつまり伏見が部屋に入ってきたことだとまでは頭が回らず何気なく顔を上げ、そこに伏見の姿を認めた瞬間、ギョッとして自分でも不自然なくらい鋭く顔を背けた。

ダイニングに入ってきた伏見は半裸だった。腰にタオルを一枚巻いただけで、濡れた胸や肩は剝《む》き出しだ。

いきなり目の前に男性の——しかもとんでもなく美丈夫な伏見の半裸が現れて、周平は大いにうろたえる。見てはいけないものを見てしまった気分で必死に床へ視線を落とすものの、当の伏見はまるで気にした様子もない。ペタペタと素足で床を踏む音を響かせながら周平の傍らを通ってキッチンへ向かう。

伏見が通り過ぎてようやく顔を上げると、脱衣所から明かりが漏れているのが目についた。また消し忘れたんだ、と思ったら背後で冷蔵庫の開く音がして、振り返ると伏見の濡れた広い背中が目に飛び込んできて危うく悲鳴を上げそうになる。

伏見の体は思ったよりもガッチリと筋肉がついていて、周平はカッと頰を赤くした。この感覚をなんと表現したらいいものか。恐らく、一般的な男性が女性の胸元をちらりと覗き込んでしまったような気分に近いのではないのか。耳の端まで赤くなる。

滅多に見られない生身の同性の体から周平が目を逸らせないでいると、視線に気づいたのか伏見がこちらを振り返った。

「……どうかしましたか？」

冷蔵庫を開けたまま、伏見が尋ねる。いつもはワイシャツの襟に隠れて見えない筋張った首筋や逞しい肩が無防備に晒《さら》され、周平はぐらぐらと沸騰しそうになる頭を持て余す。

「そ、そんな格好で——……だ、駄目じゃないか！　服を着なさい！」

動揺のあまり、つい上司が部下を叱《しか》るような口調になってしまった。

伏見はきょとんとした顔になって、自分の濡れた腕に目を滑らせる。

「いいじゃないですか。男同士なんですから、少しくらい」

「よくないよ！」

伏見の視線を追って滑らかに筋肉のついた腕を視線でなぞってしまった周平は、一瞬で不謹慎な気分に陥ったのをごまかすように声を荒らげた。

「き……君はもう、自分のことを女子高生か何かだと思った方がいい！　嫁入り前の娘さんが三十過ぎのオッサンと二人暮らしなんて、肌も見せないくらい警戒しなくちゃいけないんだぞ！」

妙なことを言っている自覚があるのに周平が口を噤めないのは、伏見がいつまでも半裸のままここにいて、その上冷蔵庫のドアをなかなか閉めようとしないからだ。

冷蔵庫を開ける時間は五秒以内！　と叫びたくなるのを無理やり押さえつけ、代わりに別の言葉を紡ごうとしたら妙な喩《たと》えになってしまった。

伏見は周平の言葉の意味を測りかねたようにぐるりと視線を回すと、ようやく冷蔵庫から牛乳パックを取り出してドアを閉めた。

「そう言われても、俺は女子高生ではないので……」

「ものの喩えだよ！」

「そんな喩えを持ち出される理由がよくわからないのですが」

牛乳パック片手に再び周平の傍らを通り過ぎた伏見がテーブルの上にあったリモコンでピ、とエアコンのスイッチを入れて、周平は絶叫しそうになった。

（まだ十一月に入ったばかりで全然エアコンの出番じゃないだろう！　それ以前にどうして風呂上がりなのにエアコンが必要なんだ、体が温まっていないならお湯につかればいいじゃないか、大体シャワーは不経済だ！）

喉元《のど》まで迫った言葉を無理やり飲み込む。そうしている間も伏見は当たり前に広い胸をこちらに向けてくる。腹筋割れてる、と思ったら思考がどこかへすっ飛んだ。

何か問題でも、と問いかけるような伏見の目を見返した瞬間、周平はどの言葉を飲み込み、どの言葉を発していいのか判断する力を完全に失った。

「――――僕はゲイだ！」

今まさに牛乳パックに直接口をつけようとしていた伏見の動きが、止まった。

大きく見開いた目で伏見が凝視してきて、ハッと周平も我に返る。

無言のまま、周平と伏見は見詰め合う。テレビから流れるバラエティ番組の音が重苦しい沈黙をかき消して、周平は生まれて初めて、誰が観ていなくても健気《けなげ》に音と光を発してくれるテレビをありがたいと思った。

「……いや……その………」

とりあえず何か言わなくては、と無理やり口を開いてみるが、この凍りついた空気を溶かす気の利いた言葉は何ひとつ出てこない。

だって今のはどう考えても、『光熱費をやたらと気にするケチな上司』という正体以上に隠しておかなければいけない事柄だったはずだ。

とにかくごまかせ、何か言え、と己を叱咤し、周平は額に手を当てて言葉を探した。

「……違う、違うんだ……ごめん、間違って………。冷蔵庫、冷蔵庫をね……」

伏見は片手に牛乳パックを持ったまま目を見開いて完全に固まっている。まだ衝撃から立ち直っていないようだ。驚愕《きようがく》の表情を正視できず、周平は焦って続けた。

「違う、冷蔵庫が開けっぱなしで、電気代がもったいないから……君はいつもそうだから、脱衣所の電気だって消してないし、テレビをつけっぱなしにしてどこかへ行ってしまうし、風呂が沸いてもすぐ入らないし、朝も明るいうちから電気をつけるし、電気代もガス代もも

ったいないし、だから——……」

言いながら、周平は頭を抱えたくなった。これではさっきのゲイ発言のフォローになっていない上に、結局光熱費にこだわっていた自分の本心も全部喋ってしまっている。

周平が額に両手を押しつけ深く項垂れてしまうと、室内はまた先の静けさを取り戻す。

テレビの音だけが響く中、どれだけの時間が経っただろう。

随分長いこと沈黙してから、伏見はぽつりと呟いた。

「……とりあえず、服を着てきます」

素足で床を踏む音と、するすると引き戸を開ける音がして、伏見は自室へ戻ったようだ。

俯《うつむ》いたまま音だけでそれを察した周平は、力尽きてテーブルへ突っ伏してしまった。

(……もう駄目だ、終わった——……)

終わった。何もかも。伏見はもう二度と、自室から出てきてくれないかもしれない。

それだけならまだいい。もしも伏見が総務部へ行って、課長と同室は嫌です、などと訴えたらどうなる。当然総務部の部長はその理由を問うだろうし、伏見は包み隠さず課長はゲイだからです、などと言ってしまうかもしれない。

そうなったら本当に終わりだ。もう会社にはいられない。平穏な日常がガラガラと音を立てて崩壊していく。

(引き継ぎは浅井さんにお願いしよう……嫌がられないといいけど。新しい就職先は見つかるかな、この不景気な時代に……）

テーブルに突っ伏し、暗澹《あんたん》たる気分で気の滅入るような未来に思いを馳《は》せていると、再び引き戸の開く音がした。足音が近づいて、周平のすぐ側で止まる。

あの、と声がして緩慢に顔を上げると、きちんとスウェットを着た伏見がそこにいた。

周平が重い体を引きずるように起き上がるのを待ってから、伏見は少し躊躇《ちゆうちよ》したのか目を伏せる。まるで先生に呼び出しを食らった小学生のように居心地の悪そうな顔で、でも思い切ったように目を上げた。

「少し、話をしませんか」

周平は眼鏡の奥でぼんやりと瞬きをする。最早《もはや》思考が悪い方へ悪い方へと流れているので、こんな状況でする話と言ったら強請《ゆすり》か集《たか》りくらいしか想像できない。

もうどうにでもしてくれと捨て鉢な気分で周平が頷くと、伏見はまたも言いにくそうに、あの、と歯切れ悪く呟いた。

「お湯、沸かしていいですか」

「え……あぁ、うん、いいけど……」

なぜそんなことにわざわざ断りを入れるのだろうと思っていたら、伏見は続けて言った。

「ガスコンロで沸かすのと電気ケトル使うの、どっちがいいとかありますか」

「ケトル。ここのアパート、プロパン使ってるからガス代が高いんだ」

こんな状況にもかかわらず、答えはとっさに口から転がり出た。最早反射に近い。

伏見は小さく頷くと、キッチンに入って電気ケトルで湯を沸かし始めた。その間にキッチンの戸棚からカップを取り出して、インスタントのコーヒーを淹《い》れて戻ってくる。

周平の前にたっぷりとコーヒーのつがれたマグカップを置き、自分は湯呑《ゆの》み茶碗《ちゃわん》を手に伏見は周平の斜向《はすむ》かいの席に座る。伏見の持ってきた食器は数が少なく、マグカップにしろ湯呑みにしろ、ひとつずつしか用意がない。

伏見は両手で湯呑み茶碗を包み込むと、しばらく黙ってテーブルの中央を見ていた。周平も、予想外に用意された自分のコーヒーに礼を言ってからカップに口をつける。

伏見の淹れてくれたコーヒーは、普段自分が作るときよりも味が濃い。スプーンですり切り一杯以上入れてるなぁ、とぼんやり考えていたら、伏見が意を決したように口を開いた。

「……課長がいつも不機嫌そうにしていたのは、俺の生活態度のせいだったんですね」

マグカップの縁に鼻を埋《うず》めるようにしていた周平は、「へ」と間の抜けた声を上げた。

てっきり自分の性癖について話題が及ぶものだとばかり思っていたのに、予想外の方向に話の舵《かじ》を切った伏見についていけず、ろくに返事もできない。だが伏見の目には周平の様子が何か遠慮でもしているように映ったらしく、正面から周平の顔を覗き込んできた。

「共同生活をするわけですから、そういうこともきちんと話し合っておくべきだと思うんです。むしろ今までないがしろにしていて、すみませんでした」

そんなことを言う伏見の目は、予想外に誠実だ。

周平は驚いてますます何も言えなくなる。伏見はもっと人を見下したような冷淡な目をしているると思っていたのに、こうして目線を合わせてみると、むしろ朴訥《ぼくとつ》なくらい真っ直ぐな視線を向けてくる。

「この機に、今まで気になっていたことは全部言ってもらえませんか」

真摯《しんし》な瞳《ひとみ》は本心からのもののように見え、周平は動揺しつつも促されるまま、これまで腹に溜め込んでいた言葉を口にした。

「ト……トイレとか、脱衣所とか、電気はマメに消して欲しい……。朝も、暗くないから電気はつけなくてもいいんじゃないかってずっと思っていて……あと、風呂が沸いたらすぐ入って欲しいし、冷蔵庫を開けたらすぐ閉めて欲しい。ドライヤーのコンセントはその都度抜いて欲しいいし、薄着でエアコンをつけるくらいだったら、一枚余分に着て欲しい」

途中から半ばヤケクソのように周平が次々言葉を重ねても、伏見は黙ってその都度頷くばかりだ。細かすぎる物言いであることは周平とて百も承知しているが、伏見が不快そうな顔をすることはなかった。

ひと通り周平が要望を言い尽くすと、伏見は自分の中でそれらを反芻《はんすう》するように黙り込んで、最後にこうつけ加えた。

「あとは、きちんと俺が服を着ていれば大丈夫ですか」

う、と周平は言葉を詰まらせる。もしかすると、本題はここからかもしれない。

長年誰にも打ち明けられなかった秘密の性癖を他人に知られてしまったことが気恥ずかしく、周平は俯いて小さく頷く。耳や頬が赤くなってしまうのは止められない。

伏見はまた少し何か考え込むように口を噤んでから、やけに重々しい声で言った。

「もしかして課長は……俺のことが好きとか、そういう……？」

探るような伏見の言葉に驚いて顔を上げると、伏見は真剣な顔でジッとこちらの顔を見ていた。真正面から伏見の秀麗な顔を直視してしまった周平は、平常心がでんぐり返しでもしてしまった気分で慌てて首を横に振った。

「な……ない！　それはないよ！　君に限ってそういうことは絶対ないから！」

だから大丈夫だ、言い寄ったりしないから安心してくれ、と言いたかったのだが、どういうわけか伏見はなんの感情も浮かんでいない空白の表情を見せ、それからゆっくりと身を引くと椅子の背凭れに深く身を預けた。

「……そんなにはっきり否定されたの、生まれて初めてです」

はぁ、と周平は気の抜けた声を漏らす。ここでその台詞なのかと思ったら呆《あき》れるよりも先に脱帽した。さすがだ。さすが王子、言うことが違う。

確かに伏見のような端整な男に自分のことが好きかと訊《き》かれたら、どんなに気のない素振りをしていた女性もあっさり陥落してしまうというものだ。とはいえ今まで拒絶されたことがないなんて一体どれほどのモテ王子っぷりなのかと呆然《ぼうぜん》と周平が考えていると、伏見はやはり真剣な顔のまま、じゃあ、と軽く天を仰いだ。

「もしかして、恋人とかいるんですか」

「え……ええ……?」

当惑した声を上げる周平に、伏見は大事なことだとばかり繰り返す。

「もしこの部屋に連れてくる予定があるなら俺、一晩くらい外で過ごせますから」

一体なんの心配をしているんだと、周平は脱力気味に肩を落とした。

「……いや、いないよ。生まれてこの方恋人なんてできたこともない……。それならむしろ、君の方が恋人を連れてくるときは言ってくれないと……」

「俺もいません」

きっぱりと伏見が否定して、周平は目を瞬かせる。

でも、と言いかけて言葉を飲んだ。秘書課の女子社員は全員伏見の毒牙《どくが》にかかっているとか、どこかの女社長に猛烈に口説かれているとか、それらはすべて単なる噂だ。伏見ほどの男に恋人がいないというのは信じ難いが、本人がそう言っているのだから、信じるべきだろう。

「でも、もしもこの先彼女ができたら、すぐ報告します。課長も言ってくださいね」

伏見は淡々と言って湯呑み茶碗からコーヒーを飲んでいる。周平はその横顔を眺め、なんだか夢現の狭間《はざま》にいるような地に足のつかない気分で尋ねた。

「……気持ち悪くないのかい?」

伏見がこちらを向く。その目に嫌悪の色がないのはわかっていたが、それでも訊かずにいられなかった。もしも自分がゲイだとばれたら、誰が相手だとしても拒絶され、軽蔑《けいべつ》されるものだとばかり思っていたから、伏見の反応はどうにも現実味がない。

伏見は大きな掌の中で湯呑み茶碗を転がしながら、もう一度しっかりと自分の心の内を探るように沈黙した。

「俺のことが好きなわけではないんですよね?」

再び確認を求められ、周平もしっかりと頷く。以前伏見を脳内彼氏にしようとしたことは黙っておくことにした。別に恋焦がれて伏見を選んだわけではない、と思う。

「だったら別に、気になりません。もし課長に好きだって言われたら、正直応《こた》えられないから困ったかもしれませんけど……でも、恋愛観は個人の自由ですし」

意外とドライな意見だ。今時の若者は皆こうなのか。

けれど、ひとつひとつ言葉を選ぶように口にする伏見の横顔は誠実で、周平はようやく体の芯《しん》から力を抜いた。どうやら伏見は周平の性癖を世間にばらすつもりも、それをネタに周平を強請《ゆす》るつもりもないようだ。

ホッとしたら急に視界が開けた気分になって、それまでまるで耳に入らなかったテレビの音が聞こえてきた。周平は、茶碗の中を覗き込んでいる伏見の横顔に声をかける。

「あと、テレビも……風呂に行くときは消してくれると嬉しい」

自分ばかり要望を挙げるのも心苦しかったが、最後にこれだけは言っておきたかった。

伏見もたった今テレビの音に気づいたような顔をして、眉尻《まゆじり》を下げた少し困ったような顔で笑った。

「すみません、なんか音がないと、淋《さび》しくて」

淋しい、というおよそ伏見らしくない言葉が転がり出して、周平はついまじまじと伏見の顔を見詰めてしまう。会社での伏見は孤高の王子のイメージが強く、ひとりだろうとなんだろうと淋しいなんて思いそうもない人物に見えたのだが。

伏見は手の中で湯呑みを回しながら、少し気恥ずかしそうに笑った。

「テレビの音って、ちょっと人の気配に似てませんか？　俺の実家、両親の他に祖父母が一緒で、上には姉が三人いたから結構賑やかだったんです。だから一人暮らし始めてからも、あんまり部屋が静かだと落ち着かなくて……」

孤高の王子の虚像が鮮やかに突き崩される。

初物食いの腹黒王子と社内で囁かれ、休日は鎖骨の見える黒のニットに細身のジーンズを穿《は》き、高価なワインとお取り寄せのチーズを楽しむという勝手な想像が一瞬で風化した。

実際の伏見は帰るなり上下セットのスウェットに着替え、カップラーメン片手に週刊誌を読む、祖父母と両親、三人の姉がいる賑やかな家で育った、どこにでもいる青年なのだ。

なぁんだ、と思ってしまった。

それは落胆の言葉ではなく、本心からの安堵《あんど》の言葉だった。

（勝手な噂に振り回されてたのは僕の方か……）

部下たちがランチタイムに語る伏見のイメージを、そんな馬鹿なと笑って聞き流していたつもりで、実は随分影響されていたようだ。

なんだ、ともう一度口の中で呟いたところで伏見がテレビを消そうとリモコンに手を伸ばしたので、いいよ、と思わず声をかけてしまった。

「いいよ、今はこの部屋にいるんだからつけたままで。風呂に入るときとか部屋に戻るときとか、君がここから出ていくときだけ消してくれれば、それでいいから」

我ながら現金なほど声が丸くなった。伏見に対する警戒心が薄れたのと、これまで溜め込んでいた不満をすべてぶちまけてすっきりしたおかげだろう。

伏見は素直にリモコンをテーブルに戻すと、体ごと周平の方に向けた。

「いろいろと気をつけますので、これからもよろしくお願いします」

きっちりと、つむじが見えるくらい深く頭を下げた伏見に、周平も同じように深々と頭を下げた。声に伏見と同じくらいの誠実さが宿ればいいと思いながら。

「こちらこそ、これからもどうぞよろしく」

周平が『脱、実務宣言』をしたのは今年の始めのことだ。実務はすべて部下に任せ、納期の調整やコストダウン交渉に専念するための宣言である。だが、今年も残すところあと一ヶ月少しとなった今もまだ、周平は見積もりや発注などの実務に追われている。

特に最近は試作機の発注が立て込んで、夜の八時を過ぎても購買部の人間はまだ誰も帰ろうとしていない。それどころか、夜食のつもりか部内で菓子まで回り始めた。周平も机の引き出しから買い置きしておいた菓子を取り出し、袋ごと前の席の浅井に回した。

購買部の席は四つの机を二列に並べており、周平の席だけが通路ひとつ挟んだ場所にある。通路と言っても腕一本分の距離なので、ほとんど昼食を食べるときの席と同じだ。

クラッカーの間にピーナツバターを挟んだ菓子は、部下たちの机の上を回りながら数を減らし、周平の机に戻ってくる頃には残り一枚となっていた。

「課長が買ってきてくれるこれ、美味《おい》しいんですけど凄いカロリー高そうですよねー」

「どう見ても輸入物のお菓子でしょう? 危ないなぁ」

そんなことを言いつつも美味そうに菓子を頬張る部下たちを眺め、周平も手元に戻ってきた菓子を口に運んだ。舌の上に広がる濃厚な甘さにホッとする。部下たちも息抜きにちょっとした御喋りなど交わしているが、そんな中ひとり、菓子を食べるのもそこそこに真剣な顔でパソコンと向き合っている百瀬に目がいった。

百瀬はまだ入社して日も浅いので大きな仕事は振っていなかったはずだが、こんな時間まで残っているのかと周平はクラッカーを噛《か》み砕きながら百瀬を眺める。

口元に手を当て、ぐるぐるとマウスを回す百瀬の横顔はひどく消耗しているように見えた。背中に届く長い髪も、最近なんだか荒れて毛先がほつれている。

あんなに疲弊するような仕事を任せていただろうかと、周平は軽い調子で百瀬を呼んだ。

「百瀬さん、今何やってるんだっけ?」

よほど画面に集中していたのか、周平の声にギョッとしたように肩を撥ね上げ、百瀬が慌ててこちらを向いた。

「えっと……あの……」

突然声をかけられ驚いたのか、百瀬はしどろもどろになって耳に長い髪をかける。すると、助け船を出すように百瀬の隣に座っていた部下が答えた。

「百瀬さんには納期の確認と、部品点数の少ない試作機の見積もりをお願いしてます」

ね、と声をかけられた百瀬が、子供の様にコクコクと頷く。

周平は一応納得した顔で引き下がったものの、それにしては随分と百瀬が疲れ切った顔をしていることが気になって首を傾げた。

新人なのだから多少仕事が遅いのは仕方がない。挽回《ばんかい》しようと必死になるのもわかる。だがそれにしても、百瀬の横顔はどこか追い詰められているようだ。

(何かよっぽど納期が遅れている部品でもあるのかな……)

とはいえ納期交渉まで百瀬がやっているとは思いにくい。せいぜいその機種を担当している人間にどの部品がどれくらい遅れているか報告して、実際納期を詰める作業は担当者が行っているはずだ。

これは一度百瀬を別室に呼んで、仕事の進行状況を詳しく聞いてみる必要がありそうだ。周平がそう判断を下したところで、机の上に置いてあった携帯電話が低く震えた。しかも会社用ではなく、私用の携帯だ。

会社で携帯が鳴ることは珍しい。未《いま》だスマートフォンを使っていない周平は二つ折りの携帯をパカリと開いて、軽く目を瞠《みは》った。

「どうしました課長、何かお得な買い物情報でも流れてきましたか?」

周平が携帯を見詰めたまま固まっていることに気づいて、席の近い浅井が声をかけてくる。周平は首を横に振り、まだ驚きを引きずったまま口を開いた。

「……伏見君からだった」

伏見の名が出た瞬間、それまで何気なく周平たちの会話に耳を傾けていた部下たちが揃ってこちらを見た。その中にはこれまで必死でパソコンを睨《にら》んでいた百瀬の視線もあり、本当に伏見の吸引力は絶大だ、と周平は内心感嘆の声を上げる。

「課長いいなぁ！　王子とメアドの交換してるんですね！」

「王子からなんの用ですか？　今夜は彼女のところに泊まるので帰りません、とか？」

完全に仕事の手を止めて答えを待つ部下たちに、周平は少し迷ってから答えた。

「『近所の八百屋で大根を八十円で売ってますけど、買っておきますか？』って……」

途端に、きゃあ！　と興奮したような甲高い声が上がった。

「何それ！　凄い意外！」

「そんな所帯じみたこと、しかもメールで送ってくるとか全然イメージじゃない！」

イメージじゃない、と言いながらも部下たちの顔は嬉しそうだ。普段は自分たちに見向きもしない王子に家庭的なところがあると知り、そのギャップを喜んでいる節すらある。家庭的というのはまた違う気もするけれど、と周平は手の中の携帯を弄《もてあそ》んだ。

一緒に暮らしてみてわかったことだが、伏見は内面まで二枚目というわけではなかった。私生活はむしろがさつな男子学生そのものだ。それに、ああ見えて淋しがり屋でもある。

ダイニングテーブルを買ってからというもの、伏見はダイニングに入り浸るようになった。テレビがあるせいかもしれないが、何をするにもダイニングから離れない。その上周平が部屋に戻ろうとすると、口にはしないまでも、ちらりと引き留めるような視線を送ってきたりする。結果、周平もダイニングにいる時間が長くなった。

(それに妙なところで生真面目《きまじめ》というか……どうもプレイボーイって柄じゃないんだよな)

伏見のメールの文面を見ているうちに昨夜《ゆうべ》の記憶が蘇り、周平は口元に笑みを浮かべた。

一緒に暮らし始めて二週間も経つと、二人の間にも無言のルールが生まれてくる。たとえば風呂。最近は風呂が沸いたら、先に周平が入るのが暗黙の了解になっている。

周平が風呂に入っている間に、伏見は風呂の支度をしてダイニングで待っている。先に伏見を風呂に入らせようとしても、テレビを観たりマンガを読んだりでなかなか支度をしないので、周平が風呂に入ったらすぐ入浴の準備をするよう言い渡してあるのだ。そうすれば、どれだけダラダラと支度をしても周平が風呂を出る頃にはさすがに準備が終わっている。

昨日もそうして先に風呂に入った周平だったが、着替える段になって脱衣所にパジャマの上を持ってきていなかったことに気がついた。部屋から着替えを持ち出すとき電気をつけていなかったから、暗がりの中で落としたことに気がつかなかったのだろう。

仕方なく上半身裸でダイニングに戻ると、テーブルに向かって何か書き物をしていた伏見が視線を上げ、続けて猛然と顔を伏せた。

テーブルに額を打ちつけかねない勢いで下を向いた伏見にどうしたのかと尋ねれば、伏見は頑として目を上げないまま、こんなことを言った。

「その……女の人はそういう無防備な格好見られるの、嫌がるので……」

うん？　と首をひねった周平は、伏見の言わんとしていることに気づいて目を丸くした。

どうやら伏見は、男性を恋愛対象にしている周平の内面は女性的なものなのだと思い込んでいるらしい。女性が男性に素肌を見せるのを嫌がるように、周平も伏見に素肌を見られたくないだろうと気を使ってくれたようだ。

思いがけない気遣いに呆気《あっけ》にとられつつ、周平は濡れた髪をかき上げる。

「あの……僕は確かにゲイだけど、でも別に女の人になりたいと思ったことはないし、女性的な部分はないから、気にしなくてもいいよ……？」

伏見は以前周平が言った、自分のことを女子高生と思え、という台詞を未だに覚えているらしい。周平にとって現状は異性とひとつ屋根の下で暮らしているのと同じことなのだと理解して、何くれとなく気を回してくれているようだった。

そんなことに気を使うくらいだったらテーブルの上を散らかさないよう気をつけてくれた方がずっといいのに、と苦笑混じりで周平は思う。テーブルの上には週刊誌やスナック菓子の袋、手帳やボールペンなど伏見のものばかりが転がっている。

部屋でパジャマの上着を着てからダイニングに戻ると、伏見は黒い手帳に何か手早く書き込んでいるところだった。その膝《ひざ》の上にはもう着替えが乗っている。

周平はキッチンでコップに水をつぎながら伏見に声をかける。

「それ、いつも書いてるの……日記？」

伏見は顔を上げぬまま、そうです、と答える。どうやら早く風呂に入ろうと必死で手を動かしているらしい。

周平が風呂を出てから三十分も一時間も間を空けられてはたまらないが、五分や十分くらいなら構わないのに、と思える程度には周平の心も軟化しているから、周平は伏見を急《せ》かすでもなく、自分もテーブルに座ってその手元を覗き込んだ。

伏見が使っているのは毎年新年に会社で配られる黒い手帳だ。表紙に金字で社名がプリントしてあるのだが、意外と誰も使っていない。その手帳に、伏見はかなり細かい字で今日の出来事を書き込んでいるらしい。

「今時日記をつけてるなんて、珍しいね」

「家計簿つけてる課長ほどじゃないですよ」

横顔だけで笑いながら伏見が言う。

最近伏見の表情も柔らかくなってきた。親しくなるまでに時間のかかるタイプなのかもしれない。いつか会社の廊下で同じ課の同僚と笑い合っていたときのように、自分の前でも大きな笑顔を見せてくれる日がくるのかなと、伏見の横顔をぼんやりと見ながら思う。

「もうずっとつけてるのかい?」

「そうですね、高校の頃から」

「だったら随分長いんだ」

「言われてみれば、そうですね。俺、高校の頃は柔道やってて」

無言のまま、周平は小さく目を見開く。

王子は背が高いから学生時代は絶対バスケかバレーやってたよね、という社内の女子たちの予想を裏切って、柔道とは。

周平が高校生の頃も身近に柔道部員はいたが、皆坊主頭で肌荒れがひどく、洒落っ気というものが致命的に欠落した者がほとんどだった。柔道部の部室など近づくだけでうっすらと男臭い汗の匂いが漂ってきて、女子生徒からはかなり敬遠されていたものだが。

その柔道部に、伏見もいたのか。

もちろん学校も違えば世代も違うのだから、周平が高校時代に目の当たりにした柔道部と伏見の所属していた柔道部は違うのかもしれない。そうは思ってみるものの、目の前で長い睫を伏せて日記など書いている伏見は、どうしても柔道部のイメージと繋《つな》がらない。同じ格闘技なら、まだフェンシング部だったと言われた方が納得できる。

周平が目まぐるしくそんなことを考えている間にも、伏見はぽつぽつと学生時代の話を続ける。

「一年のとき試合に出させてもらったんです。一年で出場させてもらえたのは俺だけで、滅《め》茶苦茶《ちゃくちゃ》張り切ってたせいか結構いい結果も出せて。二年でも当たり前に出させてもらったんですけど、そのときはボロ負けしたんです」

悔しかったですね、と伏見は言う。勝ち負けなんて泥臭いものとは縁遠い涼し気な顔立ちをしているくせに、本当に悔しそうに眉間《みけん》に皺《しわ》を寄せる。

「慢心してたんだとは思うんですけど、俺この一年何してたんだろうって思って。それが思い出せないのがもどかしくて、だから日記をつけるようになったんです。去年の今頃自分は何やってたんだろうってわかるように。こんなに練習してたんだ、とか、逆にこれしかしてなかったんだとか、すぐ振り返れるように」

周平は時々短い相槌を挟みながら伏見の言葉に耳を傾ける。思いの外伏見の口数が多いのを知ったのもここ最近だ。会社では購買部に来ても必要最低限のことだけ喋っていなくなってしまうので無口な性分なのかと思っていたが、実際はこうして様々なことを語る。

少しずつ、伏見のことを知っていく。そのたびに小さな驚きを味わい、面白がっている自分がいる。

伏見はさらに何か言いかけて、ハッとしたように日記を閉じた。

「すみません、長々と。先に風呂に入ってきます」

日記とペンをテーブルの端に寄せ、伏見は大股《おおまた》に風呂場へ行ってしまった。

伏見がいなくなると、周平はテーブルの上のリモコンに手を伸ばしてテレビの電源を切った。本当は主電源から落としたいが、そうすると後で伏見がテレビをつけるときリモコンを何度も押して首を傾げることになるので、最近は眠る前以外はこれで済ましている。

大分気をつけるようになったものの、まだ伏見はテレビをつけたまま部屋をいなくなるし、脱衣所の電気を消し忘れることもある。けれど、ドライヤーを使った後コンセントを抜くようになったし、朝はよほど曇っていない限り電気をつけなくなった。

周平も、あまり口うるさくならないよう心がけてはいる。消し忘れた電気は後でそっと消し、伏見が雑誌を読みながらテレビを観るのも黙認することにした。たとえテレビを観ていなくたって、音がないと淋しいというのなら仕方がない。

少なくとも伏見はこちらに歩み寄ってくれようとしているのだから、自分も同じように歩み寄らなければ。許せる部分は許して、互いに居心地のいい空間を作る努力をしよう。

最近は、伏見と一緒に食事もとるようになった。やはりダイニングに伏見がいる状況で自分の食事だけ用意するのは気分的に難しい。

それより何より、久々に家で誰かと一緒に食べる食事も悪くなかった。

伏見も周平の性分がわかってきたらしく、自分から食費を折半しようと言ってくれたのだが、伏見は接待で夜に外食をすることが多いし、弁当を毎日持っていく分だけ周平の方が多く食材を使っている。それなのに伏見に食費を半分出させるのはさすがに心苦しい。

ならばと伏見が出したのは、光熱費を四分六に分けるという案だ。

周平は一も二もなくその提案に飛びついた。食費を四分六にした方が割合的には正しいような気もしたが、ここは気分の問題だ。光熱費に無頓着な分だけ電気の消し忘れや水の無駄使いが多い伏見の方が少し多目に光熱費を出す。それはとても理にかなったことのように思

えた。

そんな塩梅《あんばい》で意外と快適に伏見との共同生活を続けている周平は、最近食費のことも少し気にするようになってきたらしい伏見に、携帯電話から素早くメールを返した。

『二本買っておいてください。一本はおでんにしようか』

間をおかず、伏見から『おでん！』という短い、けれどはしゃいだ雰囲気の伝わってくる返信があった。なんだか大きな弟ができた気分だ。

会社で伏見を王子と呼ぶ女子社員たちは知らない、自分だけが知る伏見の姿にほんの少しだけ優越感のようなものを覚え、周平はそっと携帯電話を折りたたんだのだった。

ひとりで暮らしていた頃は、食材は週末にまとめて買えばそれで一週間もった。だが伏見と生活するようになってからは、週の半ばにもう一度くらい買い物に行かないと足りない。一見すらりとしているように見えて、伏見はかなり量を食べる。

近頃めっきり寒くなり、白菜が安く出回るようになってきた。周平はキッチンに大きな土鍋があったことを思い出し、会社帰りにスーパーできのこと白菜を丸ごと買った。

キッチンの棚を覗いていると、時々不思議な気分になる。

伏見に限らず自炊をしない者は皆こうなのかもしれないが、どうにも食器や調理器具がちぐはぐだ。皿やカップがひとつずつしかないのは仕方がないとして、フライパンの蓋《ふた》はないくせに同じサイズの片手鍋と両手鍋が二つあり、レンジでゆで卵を作る調理器具はあるのに目盛りのついたカップがない。

一番奇妙に思ったのは調味料で、味噌やみりん、調理酒はないくせに、ローリエとコリアンダーがあったりする。何に使ったのか尋ねれば、レトルトカレーを作るとき本格的な味にするため使ったそうだ。察するに、自分の好物しか作ったことがないのだろう。

道中そんなことを考えながらアパートに帰ってきた周平は、ドアを開けた途端目に飛び込んできた玄関マットに視線を止めた。モスグリーンの、ちょっとアジアな雰囲気漂うそれは伏見が買ってきたものだ。

伏見は会社帰りに思いついたようにいろいろなものを買ってくる。たとえばダイニングの壁かけ時計。テーブルの上のランチョンマット、椅子の上の座布団。

相変わらず伏見の私物が端に寄せられっぱなしのダイニングテーブルに買い物袋を置きながら、周平は改めて室内を見回した。

初めて来たとき、あまりにものがなくて人が住んでいるのかどうかも疑わしいほど殺風景だったこの部屋も、随分と落ち着いてきた。

（伏見君は、野生動物だったとしてもモテただろうなぁ）

野生動物の雄は、雌に居心地のいい巣作りの才能を求められるそうだ。伏見はまさにそういう、居心地のいい空間を作り出すことに長《た》けていた。周平ならば、あってもなくてもどうでもいい、と買おうともしないものを買ってきて、当たり前に部屋に置く。そうすると、たちまち部屋の雰囲気が和らぐ。帰ってくるたび、ホッとする部屋になっている。

これもひとつの才能か、と感心しながら周平は夕食の準備に取りかかった。

今日の夕食は鍋だ。白菜ときのこ、買い置きの人参などを大きく切って鍋に入れ、肉は冷凍保存してある鶏《とり》の胸肉を使う。安い胸肉でも冷凍する前に食塩と重曹に一晩つけてあるので、意外にパサパサしない。湯通しすれば一層口当たりはよくなる。

てきぱきと夕食の支度をしていると、玄関先で物音がした。伏見が帰ってきたようだ。普段は周平が食事を終える頃帰宅することが多いのだが、今日はタイミングがいい。鍋はひとりより複数人で食べた方が楽しいので、周平はダイニングに入ってきた伏見に幾分機嫌のいい声で、おかえり、と声をかけた。

ただいま帰りました、と応えて伏見がキッチンへやってくる。何を作っているのか覗きにきたのかと思ったら、伏見はカウンターの上にがさりとコンビニの袋を置いた。

キッチンの上の棚に置いてある土鍋を取ろうとしていた周平は動きを止め、カウンターの上の袋と伏見の顔を交互に見て首を傾げた。何？　と目顔で尋ねると、伏見は再び袋を取り上げて冷蔵庫に向かいながら言う。

と伏見は笑う。

「え、なんで？　君の誕生日？」

とっさに、ケーキといえば誕生日、という図式が浮かんで口走った周平に、違いますよ、と伏見は笑う。

「俺の誕生日は来月です。そうじゃなくて、今日給料日だったでしょう？」

言われてみれば、今日は二十日《はつか》だ。

しかし給料日にケーキを買ってくるなんて、まるで昭和のお父さんだ。その上伏見は「課長の分もありますから」なんて言いながら二個入りのショートケーキを冷蔵庫にしまっているので、周平は大いに慌てた。

「ぼ、僕はなんの用意もしてないぞ！」

先に言っておいてくれれば自分も何か用意したのに、とうろたえる周平に、伏見は何を言ってるんですか、と調理台の上に並んだ野菜を指差した。

「夕飯、用意してくれてるじゃないですか」

ごく当たり前に口にされた言葉に、周平はなんと答えればいいか迷う。それはいつものことじゃないかと、力なく口の中で呟くが伏見の耳には届かない。

「だったらレシート……半分出すから」

「いいですよ、これくらい」

でも、と周平は口ごもる。

食費は半分。光熱費は四分六。でもケーキは買ってきた本人のおごり？

そんなことをしたら段々境界線が曖昧になってしまいそうだ。逆の立場になったときモヤモヤしてしまいそうな自分がいて、モヤモヤすること以上に、そういう自分を伏見に鬱陶《うっとう》しがられるんじゃないかと思うと怖い。

やっぱりちゃんと払おう、と周平が口を開きかけると、それより早く伏見が言った。

「だったら、いつもご飯を作ってもらっているお礼だと思ってください。手間賃です」

手間賃、という言葉に周平は言葉を飲み込む。そういうことなら腑に落ちる。

直後、金勘定にどうしても敏感になってしまう自分にうんざりした。伏見と同居を始めて以来善処しようとは思っているものの、とっさのときはやはり上手くいかない。

軽く落ち込んだ気分で再び頭上の棚に手を伸ばすと、伏見が周平の隣にやってきた。

「何を取るんですか？」

尋ねられ、土鍋を、と答えてから周平は慌てて首を横に振る。

「いや、大丈夫だよ。ちゃんと手は届くから……」

「でも、重くて危ないですから」

言うが早いか、伏見は棚の上から土鍋を取り出し、それをそっとシンクの上に置いた。

「今日は鍋ですか。いいですね」

そう言って目元をほころばせる伏見に、周平は複雑な心境で頷き返した。

(なんだか、やっぱり……女性扱いされてるような……?)

以前、ゲイとはいえ自分は女性っぽい性格をしているわけではないと伏見には言ったはずなのだが、どことなく伏見の態度は女性に対するそれに近い気がする。洗濯機を回すときは「中に課長のものは入ってませんか」と確認してからでないと蓋も開けないし、周平がパジャマのボタンを二つ、三つ外していると、「ボタン、外れてますよ」と目を逸らしながら指摘してくれる。そういう気遣いはなくても大丈夫だから、と何度周平が言っても改善されず、伏見の中ではもう何某《なにがし》かのイメージが定着してしまっているようだった。

気を取り直して食事の支度に戻った周平だが、先程よりも格段に動作が鈍い。どうしても、視線がちらちらと冷蔵庫へと行ってしまう。

(ケーキかぁ……)

誰かが家にケーキを買ってくるなんて、どれくらいぶりのことだろう。ちらりと見えた苺《いちご》のショートケーキに、自分でも少し戸惑うくらいに心華やいだ。

ひとり暮らしを始めてからというもの、ケーキはもちろん、ちょっとした茶菓子も滅多に買わずに今日まできた。残業している部下に配るための菓子は常備しているが、自分のために買ったことはほとんどない。

実家にいた頃は誕生日くらいしかケーキを買ってもらう機会などなかった。それも周平が小学校を卒業するまでの話だ。

来年からは中学生になるのだし、もうケーキなんて買ってこなくてもいいよ、と母親に告げたら、翌年から本当にケーキが出なくなった。ハンバーグや唐揚げなど、周平の好物は変わらず盛りだくさんに準備してくれたのだが、やはりケーキのない誕生日は少し淋しくて、自分でいらないと言ったくせに後悔したことを思い出す。

「課長？　どうかしたんですか？」

後ろから伏見に声をかけられ、冷蔵庫の横っ腹を凝視していた周平ははたと我に返った。振り返ると伏見はもうスウェットに着替えていて、慌てて鍋をコンロにかける。

「ごめん、すぐ準備できるから！　ケーキは食事の後でね！」

どう見てもケーキに気をとられている周平を、伏見が意外そうな顔で見詰めてくる。

「課長、そんなに甘いもの好きでしたっけ？　全然デザート系のものなんて買ってこないから、もしかしたら嫌いなのかと思ってたんですけど……」

周平は冷蔵庫から目を離せなくなっていたところを見られた気恥ずかしさから背後を振り向けないまま、忙《せわ》しなく手を動かした。

「甘いものっていうか、ケーキがね……なんとなく特別な感じがしていいなぁって」

「コンビニのケーキですよ」

「それでもやっぱり、嬉しいじゃないか」

顔こそ真顔でいられたものの、声ににじんだウキウキとした調子は隠しきれなかった。

それきり伏見は黙り込んでしまい、いい年をしてはしゃぎすぎたかと周平は肩越しに伏見を振り返る。

呆れた顔をしているかと思った。もしくはオッサンがケーキに舞い上がるなんて気色悪いと眉根を寄せているかと。

そんな周平の予想に反して、伏見はただジッと周平を見ていた。

「な、なんだい……?」

「……いえ、そんなに喜んでもらえると思わなくて」

カリカリと後ろ頭を掻《か》きながら、伏見が軽く顔を伏せる。口元に浮かんだ優しい笑みを隠すように。

一瞬見えた微笑は、満面の笑みを正面から見せつけられるよりよっぽど気恥ずかしい気分を煽《あお》って、周平もぎこちなく体をコンロの方へ向ける。ことことと音を立て始めた土鍋を見下ろして、立ち上る湯気のせいばかりでなく頬が熱くなっているのを自覚しながら。

夕食を終えると、周平は早速ケーキの準備を始めた。

元来周平は時間をかけてゆっくりと食事を楽しみたい質《たち》だ。伏見のように、テレビを観ながらとかマンガを読みながらとか、あるいはカップラーメンだけで食事を済ませようとすると、腹は一杯になっているはずなのに微妙な不満足感が残る。おかずはそれなりの品数が欲しいし、三十分以内に終わる食事は食事というよりつまみ食いのようで食べた気がしない。

当然ケーキもコンビニの容器のまま出すことはせず、小皿とフォークを準備した。小皿は柄がばらばらだし、フォークも大きさがまるで違うが、ないよりましだ。

「飲み物は、紅茶はないから……コーヒーでいいかな」

カウンターの裏でいそいそと準備をする周平を眺め、なんでもいいですよ、と伏見は苦笑混じりに答える。

周平はいつか伏見がそうしたように、マグカップと湯呑みにコーヒーをついでダイニングへ戻った。

「それじゃあ、いただきます」

椅子に腰かけ、伏見と一緒に改めて両手を合わせてから、ケーキの外側に巻かれた透明なフィルムを剝《は》がす。このひと手間にドキドキする感じも久しぶりだ。

三角形のショートケーキの、先の尖《とが》った部分にフォークを入れる。口に入れると滑らかに甘い。コンビニのケーキも美味しくなったものだ、と感心しながら二口目を口に入れると、まだケーキに手をつけないままこちらを見ている伏見と目が合った。

「美味しいですか?」

うん、と素直に頷く周平を見て、伏見はおかしそうに笑う。

「ケーキ、普段はあんまり食べないんですか」

「そうだね、何年ぶりだろう。伏見君は？　まさか給料日のたびにケーキ買ってるとか」

「いえ、俺も久々ですけど。うちは親父が給料日は必ず何か甘いもん買ってきてくれたんですよ。ケーキとかシュークリームとか、主に姉たちの気を惹《ひ》くためですね。でも姉が嫁に行った後も、俺が大学卒業するまでは律儀に続けてましたよ」

なんだか微笑ましい光景だ。いいお父さんだね、と言ってやると、伏見はまんざらでもない顔で少し照れたように笑った。

「課長の家はそういうのなかったですか？」

「うーん、子供の頃は父親の給料日がいつなのかもよくわかっていなかったしなぁ」

「でも誕生日くらいはケーキ食べたでしょう？」

そうだねぇ、と呟いて、周平はフォークでケーキを一口分に切る。

「小学生くらいまではね。中学校に上がると同時にやめてしまったけど」

ぱくりとケーキを口に入れ、うっかりほころんでしまいそうになる口元を引き締めようとしたら、伏見の不思議そうな視線とぶつかった。

「どうしてやめたんです？」

「……どうしてって、もう中学生になるからいいかと思って」

「でも、ケーキ嫌いなわけじゃないでしょう？」

これだけうまうまとケーキを食べているのに伏見の言葉を否定することはできず、周平は苦笑を浮かべてフォークの先でケーキをつついた。

「そうだけど、ケーキなんて高いからね」

柔らかな生クリームに埋まる赤い苺を眺めながら、周平はつくづくと呟く。

たとえばケーキが一個三百円だとしたら、同じ値段で何が買えるかつい考えてしまう。食パンだったら三斤買えてしまうな、とか、パスタも三把は買えるとか。パンの方がお腹《なか》に溜まる、パスタの方が長くもつ。そんなことを思うとなかなかケーキに手が伸びない。

きっと母も同じことを思うだろうと思って、だからケーキはいらないと告げた。

「……子供のときからそうだったんですね」

久々のケーキをじっくりと眺めていたら、伏見が独り言のように呟いた。顔を上げると、伏見はどことなく曇った表情で周平のケーキを見ていた。

「誕生日くらい、目一杯欲しがってもよかったんじゃないですか」

「いや……誕生日プレゼントはもらっていたよ？」

伏見は何か言いた気にこちらを見たが、上手く言葉にできなかったのかまた周平の食べかけのケーキをちらりと見て、ようやく自分もフォークを手にした。

「今年の誕生日はどうしました？」

ケーキの周りのフィルムを剝がしながら伏見が妙なことを尋ねてきて、周平は戸惑いながらも記憶を手繰る。

「どうって、特には何も……もうこんな年だし」

「そういうときぐらい贅沢《ぜいたく》してもいいんじゃないですかね」

言いながら、伏見がざっくりとフォークでケーキを掬《すく》い上げる。全体の三分の一ほどを躊躇なく一口で食べる伏見を、周平はついアワアワと目で追ってしまった。もったいないから味わって、と思う自分は、きっと凄く貧乏性なのだろう。

周平の思いをよそに本当に三口でケーキを食べ切ってしまった伏見は、マグカップに入ったコーヒーを飲んで小さく息を吐いた。

急に口数の少なくなった伏見の横顔を、周平はチマチマとケーキを食べながらそっと窺う。

何か気に障るようなことでも言っただろうか。

（あんまりみみっちいことばっかり言っているから、さすがに苛々《いらいら》してきたのかな）

しかし実際ケーキは高い。あんなものばかり食べていたら確実にエンゲル係数が跳ね上がる。せめて伏見のように残りのケーキを一口で食べてみようかとも思ったが、それも駄目だ。もう少しゆっくりと味わいたい。

結局時間をかけてケーキを食べ終え、世の中の夫婦が性格の不一致で離婚しようとするのはこんな瞬間なのだろうかと思いつつフォークを置くと、ようやく伏見がこちらを見た。

「……課長、今週の土曜って空いてますか？」

伏見がどんな顔をしているのかわからず内心ひやひやしながら顔を上げた周平だったが、伏見はもういつもの静かな表情で、声にも尖ったところはない。

伏見が不機嫌でないことに安堵して、周平は「空いてるよ」と小さく頷いた。

「だったら、買い物につき合ってもらいたいんですが」

「構わないけど……何を買いに行くんだい？」

「……大したものじゃないんですけど、ちょっとした雑貨を」

周平はわずかに首を傾げる。そんな買い物に自分をつき合わせようという伏見の意図がよくわからない。もしかすると大家族の名残《なごり》で、ひとりで買い物をするのも淋しく感じるのだろうか。

少し緊張した面持ちで答えを待つ伏見に、周平は気楽に頷いた。

「いいよ。僕も帰りにスーパーにつき合ってもらってもいい？」

「それは、もちろん」

周平の返答に、伏見はホッとしたような笑みをこぼした。

午後から出かけよう、天気はどうだろうと他愛もない話をしながら、周平はコーヒーを啜《すす》る。

（伏見君と一緒に外出するの、初めてだ。……何を着ていこう）

よく考えたら伏見の私服を見るのも初めてかもしれない。休日の伏見は外出することがほとんどなく朝から晩までスウェットで、近所のコンビニに行くくらいだったら平気でその格好のまま外へ出る。王子のあだ名などどこ吹く風だ。

伏見は顔が整っているからそれでも様になるけれど、自分はそうもいかない。火事で衣類も大分燃えてしまったからろくな服がないな、などと考えていた周平は、そんな自分を顧みてふと、デートみたいだと思った。

次の瞬間、そんなことを思ってしまった自分に赤くなる。

（いやいや、そんな！　こんなこと考えてるのばれたら伏見君が気味悪がって一緒に買い物に行ってくれなくなる！）

慌てて自分に言い聞かせ、ちらりと伏見の様子を窺ってみるが、伏見はもうテレビに集中してしまって後ろ頭しか見ることができない。

はしゃいでいるのは自分だけなんだろうな、と苦笑しながら、周平は手の中で湯呑み茶碗を小さく回した。

土曜日。休日はかなり遅くまで寝ている伏見に合わせ、遅目の昼食をとってから周平たちは部屋を出た。

伏見は黒い薄手のダウンジャケットにジーンズを穿き、足元は動きやすいスニーカーだ。奇抜なデザインの服でもなければアクセサリーもつけていないのに、街ですれ違う女性たちがちらちらと伏見を振り返るのは、伏見のスタイルと顔立ちが抜群にいいからだろう。

会社ではスーツの上に黒のトレンチコートを羽織って、女子社員たちに「あれぞ王子！」と黄色い声を上げさせている伏見だが、休日の服装はカジュアルで随分と若く見える。

しかしこうして二人で歩いていたら、確実に自分の方が若く見られるのだろうと、周平は諦めの混ざる表情で度の入っていない眼鏡を押し上げた。

周平はベージュのパンツに黒のタートルネックを着ているのだが、その上に羽織っているのは紺のピーコートだ。まるで高校生が着ていそうなそれは、実際周平が高校時代に愛用していたものである。火事の後に実家から持ってきたものだ。

もう少し寒くなったら会社に着ていけるきちんとしたコートを買おうと思っていたのだが、とっとと新調しなかった自分を周平は呪った。

こうして二人で歩いていると友達みたいに見えるんだろうと思うとなんともやるせない。実際は九つも年の差があるのに。しかも周平の方が年下に見られている可能性大だ。

そんなわけでただでさえ表情の冴《さ》えなかった周平だったが、駅前にある伏見の目的の店に入った途端、ますますその顔つきは淀《よど》んだものになった。

（まさか百円ショップに連れてこられるとは――……）

周平は前を行く伏見に、心なし弱くなった声で尋ねる。

「ここで一体、何を買うんだい……？」

「いや、何というか、いろいろと。必要なものを」

ああ、と周平は悲愴《ひそう》な声を漏らしかけてグッと唇を噛み締めた。

（それはこの店で一番危険な態度だよ、伏見君——……！）

百円ショップはとかく財布の紐《ひも》が緩みやすい。明確な目的意識を持って訪れなければ、あれよあれよという間に不必要なものを買い込む羽目になる。

百円ショップは鬼門だ。周平ですら、どうしても必要なわけではないがあると便利かな、と心揺らぐ商品があり、それがすべて百円だ。安い。つい買ってしまいたくなる。

しかし百円ショップで売られているものがすべて安いと決まったわけではない。

たとえば食品用のラップ。安いようだが、メートル数を確認すると近所のドラッグストアで売っている百十円のラップの方がお得であることがわかる。

そして調味料。スーパーで売られているものより安いものが多く、これだけは周平もよく買いにくるが、やはり容量の確認は怠れない。意外とスーパーで大瓶を買った方が安く上がることもある。

さらに菓子の類《たぐい》。あれはスーパーに軍配を上げよう。同じメーカーの菓子でも、スーパーで百円を切った値段で売られていることが多い。

百円ショップで損することなく買い物をするためにはそうしたリサーチと、状況に流されない強い意思が必要なのに。伏見はまるで気負いのない表情で店内を回り、周平の危惧《きぐ》した通りポンポンとカゴの中に商品を入れていく。

伏見の後ろをついて歩きながらカゴの中を確認すると、冷蔵庫の脱臭剤や湿気取り、テレビ画面についた埃《ほこり》を払うハンドクリーナーなどを買っているようだ。

周平だったら買わないもののオンパレードである。あってもいいけど、なくてもいいというか。脱臭剤を使うほど冷蔵庫は臭くないし、湿気取りが必要なほど部屋はしけっていないと思うのだが。それとも伏見にはそういう匂いや湿気が気になるのか。はたまた習慣的に買っているだけなのか。ついでにハンドクリーナーはティッシュで事足りる気もする。

周平なら、どうしても生活に必要でなければ買わない。

けれど伏見を見ていると、無駄遣いをしているというより「つつがなく生きている」という感じがするのもまた事実だ。玄関マットにしろランチョンマットにしろ、なかったところでなんの支障もなさそうなものだが、あればあったでその場の雰囲気が丸くなる。その空間でできるだけ快適に過ごそうとしている人の気配が漂って、妙に落ち着く。

最近ではひとりで暮らしていた寮の部屋を思い返し、自分は随分殺風景な部屋に住んでいたんだな、と思うようにすらなった。

だから伏見が日用雑貨を次々と買っていくのを、一概に駄目だと言うつもりはない。しかしこの場所に自分を連れてくるのだけは勘弁して欲しかった。

弁当箱など見つけてしまうと、こんなものまで百円なのかとつい手を伸ばしてしまいそうになる。そのたびに、別段今使っているものが使えなくなったわけではないのだからと必死で目を逸らさなくてはいけなくなる。

対処策としてほとんど俯き加減で周平が歩いていると、前にいた伏見が急に足を止め、危うく鼻先を伏見の背中にぶつけてしまいそうになった。

慌てて立ち止まって顔を上げると、伏見が傍らのコーナーを指差した。

「課長、スリッパいりませんか。風呂上がった後素足で歩いてると、足冷えるでしょう」

「え、いや……」

「俺の部屋にはラグ敷いてあるんですけど、課長の部屋とダイニングは剝き出しのフローリングだから。ほら、この辺いいじゃないですか、色どれにします？」

「え、や……あの、あ、……青、で」

いらないと言うつもりが、伏見にジッと見下ろされて断りの言葉を飲み込んでしまった。

伏見は言われた通り青いスリッパをカゴの中に入れると、続けて色違いのモスグリーンのスリッパもカゴに入れた。多分伏見の分だろう。

まあスリッパひとつくらいなら、と周平も観念したのだが、伏見はすぐにまた別のコーナーで立ち止まった。

「あと、カップも買っておいた方がいいですよね」

「えっ?」

「ほら、うちマグカップと湯呑みくらいしかないじゃないですか。だからひとつ揃いのカップでも買っておきましょう。色、どれがいいですか?」

「いや、あのね」

「どれ?」

さも当然という顔で尋ねられ、周平はまたしてもすごすごと水色のカップを選ぶ羽目になる。伏見も同じデザインの、少しくすんだ淡い緑のカップをカゴに入れた。

その後も箸が足りないだのフォークが足りないだの、伏見は次々と商品をカゴの中へ放り込んだ。しかもすべてペアでの購入だ。周平の分と、伏見の分だろう。

そうやって伏見の後ろを歩いているうちに、周平は段々と息苦しくなってきた。

百円、二百円、三百円。

スリッパもカップもフォークも、なくたって生活はできる。実際今までできていた。なくてもいいもののために払う百円。たった百円。でも、積もり積もって二百円、五百円。伏見がレジに向かって歩き始め、自分も鞄の中から財布を取り出そうとしたところで、指先に鈍い痛みが走った。嫌だ、と胸の奥から声がする。

「——伏見君、待ってくれ」

堪《こら》えきれず、周平はその場に立ち止まって伏見を呼び止めた。振り返った伏見に、表情を繕うこともできないまま言い募る。

「僕はいい、いらない」

周平の声が思いがけず切羽詰まっていたためか、伏見が怪訝《けげん》な表情で周平の元へ戻ってくる。その顔を見ていられず、周平は床に向かって次々と言葉を落とした。

「僕はいらない、必要ない。カップもスリッパも、なくても大丈夫だ。もったいないから」

いらない、必要ない。そう言いながら、伏見の持つカゴの中にあるカップとスリッパに目が行ってしまう。たっぷりとした淡い水色のカップと、フェルトの鮮やかな青いスリッパ。その隣にある同じデザインの薄緑のカップ、モスグリーンのスリッパ。

いらないんじゃなくて必要じゃないのでもなくて、伏見と揃いのそれは嬉しいけれど、でもなくてもまったく問題ない。欲しい、という気持ちはいつも必要に迫られていなくてはいけなくて、そうでないと周平は動けない。財布を開けることができない。

「──……ごめん」

いつまでも伏見が何も言わないので、周平は俯いたまま呟いた。

がやがやと賑やかな店内で、周平は自分だけが居場所を失った心細さで伏見の前に立ち尽くした。もしかすると伏見はこのまま無言で自分に背を向けてしまうのではないかと、そんな不安に襲われる。

しばらく互いに向き合ったまま、どれくらい経った頃だろう。

伏見が雑踏にまぎれてしまうくらい小さな声で言った。

「もしも課長が本当に好きで節約してるなら、なんにも言わないつもりだったんです」

伏見の声は静かで、周平は恐る恐る顔を上げる。見上げた先で、伏見はわずかに眉根を寄せてこちらを見ていた。不機嫌というより、どこか痛いところでもあるような顔だ。

「そういうの、趣味でやってる人もいるじゃないですか。心底楽しそうに。でも、課長の場合はちょっと違う気がしたんです」

言葉を探すように伏見が視線を揺らす。それでも周平から目は逸らさない。周平はその場に棒立ちになって、伏見の言葉を待つことしかできない。

考え込んだ末、伏見はぽつりとこぼした。

「おもちゃ屋で、必死で棚から目を逸らしてる子供みたいだったから……」

その言葉に、頭が何かを考えるより、体が先に反応した。

胃から爪先に向かってザァッと血の気が引いていく。足元は冷え切って、でも首から上は火照ったように熱くなって、まるっきり、図星を指されたときの反応だ。

すぐには伏見の言葉を否定することも肯定することもできなかったのは、自分自身がそのことを自覚していなくて、でも多分そうなんだろうととっさに思ってしまったからだ。

伏見はなんの反応もしない周平を前にしても言葉を切らなかった。

「ケーキも、本当は誕生日のたびに出てくるの嬉しかったんですよね？　本当は欲しかったのに、いらないなんてどうして言ったんです？　高いから？」

周平は頷いたつもりだったが、実際に首が動いていたかどうかはわからない。

高いから。まさにその通りだ。

でもどうして自分は、高いからって欲しいものを諦めるようになったのだろう。財布を開けるたび、そのことを拒むように指先が痛むのはどうしてだ。

わからないまま立ち尽くしていると、伏見が微かな溜息をついた。

「……すみません、立ち入った話をするつもりはなかったんですが、やっぱりちょっと忍びなくって見ていられませんでした」

そう言った伏見は気持ちを切り替えるつもりか大きな動作で前髪をかき上げ、手にしたカゴを掲げてみせた。

「とりあえず、これは課長にとっては必要なものじゃないかもしれませんが、俺がいると思うから買ってきます。支払いはいいですよ、俺が勝手に買うんですから」

後はもう、止める間もなく伏見はレジへ向かってしまった。

引き留める言葉は思いつかなかった。それよりも、払わなくていいんだ、と思った瞬間肩から重りが落ちた気分になった自分を、心底厭《いと》わしいと周平は思った。

駅前の百円ショップを出ると、周平たちは言葉少ななまま近くのスーパーへ向かった。前を歩く伏見は百円ショップの買い物袋をがさがさいわせながら、時々気遣うように周平を振り返る。周平はそれに応えようと思うのだけれど、上手い言葉も表情も出てこない。

結局無言のまま駅前の大通りを歩いていると、遠くから祭囃子《まつりばやし》が聞こえてきた。

「……酉の市ですね」

伏見が呟いて、周平も大通りに視線を向ける。

もう大分日は落ちて、西の空にうっすらと夕日の名残が漂うばかりの空の下、大通りの左右にぽつぽつと出店が出ていた。

酉の市は十一月の決まった日に行われる。二週間ほど前にも酉の市が開かれていたのを見かけたから、今日は三の酉の日なのだろう。

「……少し、見てみるかい？」

二人の間に漂うぎくしゃくとした空気を入れ換えるつもりで提案してみると、伏見もすぐに頷いてくれた。二人して駅前に伸びる大通りの交差点を右折すると、道の両側にぎっしりと出店が並んでいる。

「随分な盛況ですね」

出店の並ぶ道はたくさんの人で賑わっている。神社の前には、酉の市、と染め抜かれたのぼりも立っていて、参拝者もかなりいるようだ。

「伏見君は、酉の市って知ってる？」

いつの間にか周平に歩調を合わせて隣を歩いている伏見に少しばかり勇気を奮って尋ねてみると、斜め上から穏やかな笑みが降ってきた。

「商売繁盛のお祭りでしたっけ？　神社で熊手とか売ってるんですよね。子供の頃、友達と一緒に行きましたよ。なんのお祭りだか知らないけど行っとけって」

懐かしそうに伏見が目を細めて、周平もようやく口元に笑みを浮かべることができた。

いつもの調子が戻ってきて、二人して屋台の前を歩きながら昔話に花を咲かせる。

周平には、酉の市にわざわざ出かけていった記憶はない。地元の駅前には毎年出店が並んでいたが、学校帰りにその前を通り過ぎてはもうそんな季節かと思った程度だ。

「お祭りなら、夏祭りには行っていた気もするけど……昔のことだからなぁ」

「そんなに昔でもないでしょう、年寄りみたいなこと言わないでくださいよ」

裸電球の下で湯気を立てる焼きそばやお好み焼きを傍目《はため》に、周平は小さく笑う。

実際のところ、こうして縁日でそぞろ歩きをするのはいつ以来だろう。

最後に行った祭りは、きっと夏祭りだった。友達と一緒ではなかった。誰かに手を引かれて、あの手は多分、母の手だったのではないか。

傍らを通り過ぎていく、眩しいほどの屋台の光。

盥《たらい》の中で泳ぐ金魚、パンパンに膨らんだ綿あめの袋、色とりどりの水風船。

薄ぼんやりと光る、蛍の光。

（……蛍？）

目の端を何かが過《よ》ぎった気がして、周平は人ごみの中で足を止める。先に行きかけた伏見が気づいて周平の元まで戻ってきたが、それでも周平は動けない。

「課長？　どうしたんです？」

声をかけられようやく我に返ったものの、視線は目の前の屋台から離せなかった。

屋台に並んでいたのは、赤や青の光を放つブレスレットだ。ぱきんと折るとチューブの中で化学変化が起こってうっすらと光を放つ、縁日などでよく見かけるおもちゃだ。

「……課長？」

横から伏見に声をかけられ、周平は片手で額を押さえた。

指先が痛い。吹きつける風は冷たいのに、額に汗が浮いてくる。

目を閉じたら、瞼《まぶた》の裏にいつか見た夏祭りの光景が蘇った。耳に届くざわめきも、あのときのものとすり替わる。

お母さん、と雑踏の中で声がする。あれは足早に縁日を通り過ぎようとする母親に手を引かれた自分の声だ。

『お母さん、あれが――……』

「課長！　どうしたんです、真っ青ですよ！」

グッと強く肩を摑まれ、周平は弾かれたように目を開けた。顔を上げると、心配顔の伏見が周平の背中を押して人ごみの中から出ようとしている。

「人ごみに酔ったんですか？　神社の方に行きましょう、参道以外はあまり人がいないようですから」

伏見に背中を押されるまま神社にやってきた周平は、敷地の隅に植えられていた大きな樫《かし》の木に背をつけると喘《あえ》ぐように空を見上げて息を吸った。

「ああ……びっくりした」

「それはこっちの台詞です」

周平の向かいに立って、伏見はまだ心配顔で周平の顔色を確かめている。大丈夫だと微苦笑を返しながら、周平は樫の木に凭れかかり、ゆるゆると目を伏せた。

「伏見君、僕はちょっとわかった気がするよ」

言葉の隙間に祭りの浮かれた喧騒《けんそう》が流れ込む。どこからともなく聞こえる笑い声や子供の泣き声に耳を傾けながら、周平は向かい合った二つの靴の間に言葉を投げた。

「僕はずっと、お金を使うのは悪いことだと思ってたんだ」

つい先ほど、光るブレスレットの前を通り過ぎたとき唐突に思い出した。

それはまだ、周平が小学校低学年の頃の記憶だ。

個人的でつまらない話だという自覚はある。聞いてくれるだろうか、とちらりと伏見を見上げると、伏見は無言のまま周平の隣にやってきて、周平と同じように大きな木の幹に背中を預けた。腰を据えて話を聞いてくれるつもりのようだ。

正面から見詰められるよりもこうして隣に並んでくれた方が話しやすく、周平は遠くに並ぶ参拝者の列を眺めながら口を開いた。

「僕の父親はね、僕が小学校に上がってすぐに脳梗塞《のうこうそく》で倒れたんだ」

父が倒れた記憶は曖昧だ。気がついたらもう、家の中に父はいなかった。たまに会えるのは病院で、父はベッドの上で横になって、ほとんど動かずにいたように思う。

母親は仕事でいつも家を空けていた。思うに幾つかの仕事をかけ持ちしていたのではないだろうか。生活費と父の入院費を捻出するため、必死で働いていたに違いない。

そんなある日、周平は母と二人で夏祭りの会場を歩くことになった。

「どうして母とあんな場所にいたんだろうね。もうちっとも思い出せない。親戚の家に行った帰りだったような気もするけれど、正確にはよくわからないんだ」

母親に手を引かれて祭り会場を歩いていると、すれ違う人の腕にほのかな光を発するブレスレットがつけられていることに気がついた。夜の会場でそれは蛍の光のように周平の眼前を横切って、ついそちらに目が引き寄せられた。視線の先に、ブレスレットを売っている屋台があった。

『お母さん、あれが欲しい』

それまで母親に手を引かれるがままだった周平は立ち止まり、屋台に向かって人波をかきわけ歩き出す。屋台の前に立ち、もう一度欲しいと繰り返した。

「七百円くらいだったのかな。一晩で光らなくなってしまうブレスレットにしては、やっぱり随分高いよね。きっと母も同じことを思ったんだと思う。そのときの、母の言葉を思い出したんだ」

母親は周平の前で膝を折り、幼い周平と目線を合わせて、こう言った。

『周平、あのブレスレットを買うのには、お母さんが一時間働かなくちゃいけないのよ』

幼い子供に言い聞かせるにしては、言葉は重く、切実だった。だから周平は、口を噤んで母の言葉を反芻する。

一時間。ひとりの家で母を待つ一時間と、疲れ切って帰ってくる母の顔。

「多分、あの台詞が未だに忘れられないんだ」

周平はぞろぞろと一定の速度で動く参拝者を見ながら、抑揚の乏しい声で呟く。

幼かった周平は、何かを欲しがるということは母親を働かせることなのだと理解した。途端に、周平はいろいろものを欲しがることができなくなってしまった。

潮騒のようなざわめきの中で、でも、と伏見が控え目な声を上げる。

「課長のお母さんだって、本当は買ってあげたかったんだと思いますよ……」

「うん、そうだね。そうだろうね。わかってるんだ、それは」

屋台の前で周平と目線を合わせた母は、決して周平を叱るような顔はしておらず、むしろ泣き出しそうな顔をしていた。こんなちっぽけなおもちゃも買ってやれない自分を責めるような顔をしていた。

おそらく父が退院するめども立っていない頃で、母も生活が成り立つのか不安だったのだろう。少しでも生活費を切り詰めようとしていた母を責めるつもりは毛頭ない。

ただ、周平はあのとき感じた足元から這《は》い上がってくるような恐怖を忘れられない。自分が何かを欲しがれば母が困る。その場で困らせるだけならまだしも、母は自分のために前よりもっと働くかもしれない。帰る時間は今よりずっと遅くなり、そのまま帰ってこなくなるのではないか。——父のように。

そうなったら自分は、ひとりぼっちだ。

財布を開くと、あのときの不安まで一緒に溢《あふ》れてくる。金を出そうとする自分を諫《いさ》めるように指先が痛む。母に手を引かれて祭り会場を去るとき、強く手を握りすぎて指の先に食い込んだ爪《つめ》の感触を思い出す。痛い、怖い、と幼い自分が訴える。

「僕が小学校を卒業する前に父は退院して、無事社会復帰も果たした。だから生活はそれほど逼迫《ひっぱく》していたわけではなかったはずなのに、忘れられないんだ」

参道から離れた薄暗い神社の一角で、周平は深々とした溜息をついた。

「だから、極力お金は使ってこなかった。この年になって、使い方もよくわからない」

使えない。使いたくない。財布を開くと罪悪感のようなものが湧いてくる。

周平は溜息を吐ききらぬうちに両手で顔を覆って俯いた。

「僕はおかしいのかな。お金を使うとき凄く嫌な気分になる。後悔みたいなものしか湧いてこない。でも、皆はやっぱり、そうじゃない……?」

掌の中で自分の声が押し殺される。

自分でも時々嫌になる。どうしてこんなに金銭にこだわってしまうのか。どうして他の人たちのように大らかに財布を開けないのか。欲しい物を買って、食べたいものを食べて、そういうことをなんの気兼ねもなく笑いながらできない自分はどうかしているのではないかと、他人と一緒に買い物や食事に行くたびに劣等感に似た気分に苛《さいな》まれる。

両手で顔を覆ったまま周平が項垂れていると、それまで黙って周平の言葉に耳を傾けていた伏見が口を開いた。

「……俺は、金は使わなかったらただの紙切れだと思ってます」

伏見の声はいつもと同じく凪《な》いでいて、周平は緩慢な動作で顔を上げた。斜め下から伏見の顔を見上げると、視線に気づいた伏見が困ったように眉尻を下げた。

「というか、課長にそんなこと言われるまで金について深く考えたことなんてなかったんですけど……でも、使うのは怖くないです。だって金って目的を叶えるための手段でしょう。金を集めることを目的としないで、それを使って何をするか考えないと」

使う、と周平は口の中で呟く。

使ってはいる。使わないでは生きていけない。家賃や食費や光熱費。使わざるを得ないものの為には、周平も甘んじて財布を開く。

でも伏見が言っているのは、もっと生活の余剰の部分に関することだ。たとえば入浴剤とかチョコレートとか綺麗な柄の箸置きとか、なくてもいいもの。あると嬉しいもの。

伏見と共同で使うダイニングの、居心地のよさを思い出す。

「使いたいときに使えばいいんですよ」

ぐるぐると同じ場所を回り続ける周平の思考を読んだのか、面倒なものを空に放り投げるのにも似たさっぱりとした口調で言って、伏見がいきなり周平の手首を摑んだ。

唐突に感じた他人の体温と指先の強さに驚いて、周平は声も出せぬまま伏見に引っ張られて神社を出る。

再び縁日の人ごみの中に戻ると、伏見は周平の手を引いたまま光るブレスレットが並んだ屋台の前にやってきた。

「もしかして、課長の好きな色は青ですか」

屋台の前で足を止めた伏見に言い当てられ、周平は目を丸くする。驚いた顔を隠せない周平を見下ろして、わからない方がどうかしてます、と伏見は苦笑した。

「百円ショップで、選ぶもの全部青とか水色だったでしょう。箸もカップもスリッパも」

「あ、な、なんだ――……」

本気でなんのトリックかと思った自分が急に恥ずかしくなる。まだ伏見に手首を掴まれたままなのも気になって、周平は落ち着きなく視線をさまよわせた。

伏見の掌は熱い。指先は長く、周平の手首を掴む親指に中指が重なっている。大きな手の甲に浮いた筋を見るともなしに見ていたら、伏見が屋台の主人に向かって青いブレスレットを一本差し出した。

「……えっ！　か、買うのかい⁉」

驚いて伏見の背中に向かって声を張り上げると、伏見は振り返りもしないまま周平の手首を離し、ジーンズの尻ポケットから長財布を取り出して支払いを済ませてしまった。千円渡して三百円が返ってくる。値段は周平が幼かった頃と変わっていない。

伏見は振り返って、まだパッケージに入っているブレスレットを周平に差し出した。

「あげます」

平坦な声で告げてくる伏見を周平はポカンと見上げ、しばらくしてからようやく我に返って大きく首を左右に振った。

「い、いいよ！　もったいない！」

「そう言われてももう買ってしまったので」

「か、返す……いや、僕が払うから……！」

「いりません。あげたいんです」

ほら、と伏見が促すようにブレスレットを周平の胸元に差し出して、周平は逡巡《しゅんじゅん》しつつもそれを手に取る。ブレスレットはスティックの状態で売られているから箸のようだ。これを曲げて手首に巻きつけると、中で化学変化が起こって光を放つ。

「開けてみないんですか？」

伏見に促され、周平は覚束《おぼつか》ない足取りで道の端に寄るとパッケージを端から裂いた。中から現れたのは棒状のプラスチックで、端と端を繋ぎ合わせて円を作るようだ。

時々伏見を見上げながらスティックを折り曲げる。ぱちりと小さな音がしたが、そうすぐには光らない。子供用だからか多少小さなそれを無理やり腕に押し込んで、軽く目の前にかざしてみた。

「……わ」

思わず唇から声が漏れた。

目の前で、ブレスレットが淡く発光している。それは段々と明るさを増し、目の前で鮮やかな青い光を放ち始めた。

いつか欲しい、と思ったものが、今自分のものとして目の前にある。蛍のようだと思った光は思いがけない鮮烈さで、周平が腕を小さく振るたびに残像のような光の筋を引く。

そうやって、どれほどの時間ブレスレットの光に見とれていたのか。

傍らで、堪えきれなくなったように伏見が吹き出した。

ブハッと盛大に漏れた笑い声で我に返った周平は、目の高さまで上げていた腕をあたふたと脇《わき》に下ろす。伏見は掌で口元を覆い必死で笑いを嚙み殺しているが、隠しようもなく肩が震えていた。

「ふ、伏見君、そんなに笑うことないだろう……！」

「……いや、すみません……姉貴の子供に食玩買ってやったとき、そんな顔して口開けたまま いつまでも見てたなーと思ったら、つい……」

また何かを思い出したのか、ぶっ、と掌の下で伏見が笑う。

阿呆《あほう》な子供のような顔でしげしげとブレスレットを見ていた自分と、笑いを堪えてそんな自分を眺めていた伏見の姿を頭に思い描き、気恥ずかしさに周平は思わず声を荒らげていた。

「そんなに苦しそうに笑うくらいだったら思いっ切り笑ってくれて構わないよ！」

周平の言葉の終わらぬうちに、伏見は口元から手を離すと遠慮なく声を上げて笑った。大きく口を開けて、心底楽しそうに。

周平は抗議の声を上げようとしたが、伏見の笑い顔を見た途端そんな言葉など頭の中から消し飛んでしまった。会社でも滅多にお目にかかれない伏見の満面の笑みだと思ったら、それを引っ込めさせるのが惜しくなって何も言えなくなる。

仕方なく、伏見の顔一杯の笑顔に見とれていることがばれないよう、憮然《ぶぜん》とした表情を繕って伏見が笑いやむのを待った。

伏見は一頻《ひとしき》り笑うと、目の端に溜まった涙を指先で拭《ぬぐ》いながらこんなことを言う。

「七百円で課長のあんな顔が見られるなら、むしろ得した気分ですね」

「……僕の顔にそれほどの価値はないよ」

「ありますよ。会社で自慢したいくらいです」

「やめてくれ、それは頼むからやめてくれ」

さすがに部下に示しがつかなくなると耳の端を赤くして周平が抗議すると、伏見はまたおかしそうに笑ってゆっくりと大通りを歩き始めた。

周平も伏見の隣に並ぶと、課長、となだらかな声で伏見に呼ばれた。

「金って、貯《た》めるより使う方が面白いですよ？」

見上げた伏見の横顔は、遊び終わった後の子供の顔に似ていた。十分に楽しんで、満足して、なんの心残りもなく家に帰る子供のようだ。明日は何をして遊ぼうか、わくわくしながら考えているのが手に取るように伝わってくる。

いいな、と周平は思った。

縁日の灯りを背景に笑う伏見の顔から、目を逸らせなくなる。

「……でも、気安く使うと間違った使い方をしてしまいそうで」

ほとんど無意識にこれまで何度も頭の中で繰り返した不安を呟くと、伏見は真っ直ぐ前を向いたまま、ためらいもなく言い切った。

「本人に後悔がなければ、どんな使い方をしたって正解です」

反応の鈍い表情で周平が瞬きをすると、伏見は横目で周平を見て苦笑を漏らした。

「大丈夫ですよ。課長、もう何年ひとり暮らししてるんですか。自分で自分の金の管理しながら今日まで生活してこられたんでしょう？　なんの問題もなかったでしょう？」

「でも、無駄遣いをしたらすぐなくなってしまうんじゃないかって……本当は、僕はお金を使うのが大好きなんじゃないかと思うときがあるんだ。一度使い始めたらもう止められなくなってしまうような気がして、だから……」

「なんだ、じゃあ使えばいいじゃないですか」

けろりとした顔の伏見に言われ、周平は目を瞬かせる。それは危ない、とか深刻な顔をされるところなんじゃないだろうかと思ったが、伏見はやっぱり笑顔を崩さなかった。

「使ったら、その分また働けばいいんですよ」

からりと笑って単純なことを言う伏見に、周平も単純に、そうか、と思った。

違う場面で別の誰かに言われていたら、当たり前すぎて何思うことなく聞き流していたかもしれないが、伏見に言われたそれはどうしてか深く心のひだに沁《し》み入ってくるようだった。腑に落ちた、というのが近い。

伏見の言葉を反芻しながら歩いていると、横からひょいと伏見が周平の手元を覗き込んできた。淡く光を放つ青いブレスレットを見て、目を細める。

「綺麗ですね」

頷いて、周平も左の手首に視線を落とす。穏やかな目でこちらを見詰める伏見の視線を頬に感じ、そこが赤くなってしまわないことを願いながら。


酉の市をぐるりと回った後、スーパーに寄って食材や日用品を買ってきた。

伏見は縁日の会場を出るとすっかりいつもの調子に戻っていて「鼻垂れ小僧が上司に向かって偉そうに何言ってるんですかね」などと言いながらスーパーで缶ビールのパックをカゴに放り込んでいた。

伏見がビールを買うのは珍しい。素面《しらふ》でいられないということか。平静を装っていても微妙に伏見が照れているのが見てとれて、周平は伏見の言葉を笑い飛ばす。社会に出てまだ三年も経っていない伏見の言葉の端々に青臭さを感じた反面、目からうろこが落ちた気がしたのも本当だ。自分の言動に照れる伏見も微笑ましかった。

スーパーで買い物を済ませると、伏見は当たり前にビールや牛乳の入った重い荷物を引き受けた。周平が持っているのはトイレットペーパーやキッチンペーパーなど、かさばるけれど軽いものばかりで、荷物を交換しようと周平が申し出ても応じない。

伏見は会社でも、女性社員がコピー用紙の束やファイルの山など重い荷物を持っていると、当たり前に横から手を差し伸べる。高い所にあるものは軽々と取ってやるし、爪の長い女の子が缶コーヒーを買った際、何も言わずにプルタブを上げてから手渡してやったという逸話もある。

伏見はそういうことを、恩着せがましくなく淡々と行う。周平も会社で伏見のそうした行動を見かけるたびに、あのルックスであれだけの気遣いができれば王子と呼ばれるのも無理はない、と思ったものだ。

（……でも、伏見君がそういうことをするのは女子社員だけだったような……？）

たとえば廊下で重い資料を持った同僚の男性とすれ違ったら、伏見は「大変だな」とからかうような声をかけるだけで手は出さなかったのではないか。男性社員が高い場所に上るときも「梯子《はしご》そっちにあったぞ」と声をかけたり、「頑張れよ」と言う程度で、決して手は貸さなかった。

よくよく考えてみれば自分も、伏見と暮らし始めた当初はこんなふうに気を使ってもらうことはなかった。キッチンの上の棚を漁《あさ》っているときも重い荷物を持って帰ってきたときも、伏見は「大丈夫ですか」と声をかけることはしてきたが、周平が大丈夫だと答えればそれ以上の行為はなかった。

それが今は、周平が持つと言っても重い荷物を渡してくれないし、高いところにあるものは自分で取れると言っても代わりに取ってくれる。

（やっぱりまだ、何か勘違いしてるんだろうか……）

前を歩く伏見の背中を見ながら思ってみるが、脈絡もなくその背に、僕は別に女性の心を持っているわけじゃないんだよ、と言うのも憚《はばか》られ、結局周平は軽い荷物だけ持って家まで帰ることになった。

帰宅するとまず夕食を済ませ、それから風呂に入った。てっきり食事をしながらビールを飲むのかと思っていたが、伏見曰《いわ》く、どうせ家で飲むのなら後は眠るだけという状態で飲み始めたいのだという。

「飲み始めると、もう風呂に入るのも面倒臭くなりませんか」

と真顔で尋ねられ、むしろ伏見が酔っ払って風呂にも入らず眠るところが想像できない周平は曖昧に頷くに留めた。伏見は毎晩ミルク風呂に入っているはずだ、と断言していた部下たちに聞かせてやりたいものである。

いつものように先に周平が風呂に入り、入れ替わりに伏見がバスルームへ向かう。伏見が風呂から上がるのを待つ間、周平はダイニングテーブルの上に家計簿を広げ、今日の支出をひとつひとつ書き込んでいった。

日用品や食料品。ビールやつまみも買ったので、今日は少し出費が多い。

百円ショップで買ったレシートは手元にない。多分伏見はレシートをその場でゴミ箱に放り込んでしまっただろう。この分は自分が支払うと伏見は言ったが、やはり気になった。

周平は家計簿の隣に置かれた水色のマグカップに視線を滑らせる。今日買ったばかりの、たっぷりとしたカップには緑茶がつがれている。視線を転じれば、色違いの伏見のカップもテーブルに置き去りにされたままだ。

揃いのカップを眺め、悪くないなぁ、と周平は思う。買う前はなくても構わないと思っていたのに、こうして家に持って帰ってきてみると、もう手放したくない気分になる。

(……伏見君が勝手に買ったわけじゃなくて、本当は僕も、欲しかったんだ)

だからできれば支払いたい。貸し借りを作りたくないとか線引きを曖昧にしたくないとか、そういう思いとは別の感情が胸に流れ込んでくる。

どうしたものかと考えて、結局今日のビールとつまみの代金を自分が持つことにした。

この分は後で伏見に請求しないよう、隣にメモをつけ加えておく。百円ショップで伏見が雑貨を買ってくれたことと、縁日でブレスレットを買ってくれたこと。

ペンを動かす途中、左の手首に目が行った。縁日の会場でつけたブレスレットは外してしまうのがもったいなくて、風呂に入るときもそのままだった。明るい蛍光灯の下で、ブレスレットはうっすらとした青い光を放っている。

ついその光に見入っていたら、伏見が入浴を終えてダイニングに戻ってきた。また甥《おい》っ子のようだと笑われてはかなわないので、周平は慌ててパジャマの袖口を下げてブレスレットを隠す。

「どうする、早速ビールでも飲むかい？」

家計簿を閉じて周平が椅子を立つと、伏見は濡れた髪を拭きながら嬉しそうに「そうしましょうか」と頷いた。

冷蔵庫で冷やしておいた缶ビールとつまみをテーブルの上に並べる。つまみはスルメと酢昆布とサラミ。周平のチョイスしたそれらを改めて見渡して、顎が丈夫になりそうですね、と伏見は笑う。安価で長く食べていられるものばかり周平が選択しているのはとっくに気づいているだろうが伏見はそこに言及せず、スルメを口に咥えて缶を開けた。

「課長と飲むのは初めてですよね。会社でも、新年会とか一緒だったくらいで」

周平もプルタブを引き上げながら、そうだね、と視線を天井に向けた。

「部が違えばそうなるよ。もともとうちの部はあんまり飲みにもいかないんだけど」

「そうなんですか、仲がよさそうなのに」

「僕以外の子たちは行ってるかもしれないなぁ。女性陣に混じってこんなオッサンがいたら皆も飲みにくいだろうから」

「そうですか？　弁当のときとか、課長すっかり周りに馴染《なじ》んでますけど」

他愛のない話をしながら、いつものように伏見がテレビをつける。適当なバラエティ番組にチャンネルを合わせて酒を飲んでいると、時々テレビから賑やかな笑い声が上がって、なんだか居酒屋で飲んでいる雰囲気になる。

テレビが人の気配に似ているってこういう感じかと思いながらテレビに視線を向けていると、いきなり伏見がテーブルの上に体を乗り出すようにして周平の顔を覗き込んできた。身構える間もなく真正面から目が合って、うっかりビールを吹き出しそうになる。

「な、なんだい、急に……っ」

「いえ、課長……眼鏡かけてないのにテレビ見えてるんですか？」

言われて思わずこめかみのあたりに指を置いた。いつも風呂上がりはすぐ寝てしまうので、習慣で眼鏡は外したままだ。言い訳を探してみたが、真顔で答えを待つ伏見の視線に晒されながらでは上手い言葉など出てくるはずもなく、周平は観念して肩を落とした。

「……眼鏡は、もともと度が入ってないんだ。伊達眼鏡だから……」

えっ、と喉の奥から潰《つぶ》れた声を出した伏見は心底驚いた表情で、逆に周平の方がうろたえる。そんなに驚くことだろうかと思っていたら、伏見がしげしげと周平の顔を見詰めてきた。

「……気がつきませんでした。課長、家に帰ってからもずっと眼鏡をかけてるから、てっきり外すと何も見えなくなるんだとばっかり」

騙《だま》された、と低い声で伏見が呟くものだから、周平は慌てて弁解した。

「いや、騙すつもりなんてなくて……！　ただ、ほら、僕は童顔だから！　少しでも年相応に見えるようにかけていただけだから！」

周平が必死で騙していないと繰り返すと、伏見は堪えきれなくなったのか深刻めかした表情を緩め、「冗談です」と小さく笑った。

「でも確かに、眼鏡外すと随分若くなりますね」

テーブルに肘をつき、花か絵画でも鑑賞するように周平の輪郭や目元に視線を滑らせ伏見はビールを呷《あお》る。

伏見に眼鏡をかけていない顔を見られるのはこれが初めてではないのに、こうしてじっくり眺められると妙に気恥ずかしい。落ち着かない気分で酢昆布に手を伸ばすと、伏見が片手で顔を覆った。

どうかしたのかと声をかけると、くぐもった答えが返ってきた。

「いえ、ちょっと……酔いが回るのが早くて……」

まだ濡れている髪の隙間から見え隠れする伏見の耳は赤い。周平は苦笑して席を立った。

「風呂上がりにすぐビールなんて飲んだから酔いが回ったんだろう。一杯くらい水を飲んでおくといいよ」

耳だけでなく首筋や掌まで赤くしている伏見のためにキッチンでコップに水を汲《く》んでやると、伏見は目を伏せたままコップを受けとり一息でそれを飲み干した。

意外とピッチも早かったらしく伏見はすでに一缶空けていて、立ったついでに新しい缶を冷蔵庫から出してやった。

「課長は、アルコール強いんですか?」

わずかに目元を赤く染めた伏見に尋ねられ、周平は肩を竦める。

「どうかな、酔い潰れたことはないけど……単にあんまり飲みすぎたことがないだけかもしれない。伏見君は？」

「俺は、多分学生の頃と比べたら弱くなってると思います……」

そうか、と周平は目を細める。缶ビール一本で顔が赤くなっているから、もしかするともともと酒に強い方ではないのかもしれない。

「うちの部の子たちは、伏見君は休日にワインを二本ぐらい空けてると思ってるよ」

「ワイン？　なんでワインなんです？」

「そういうイメージなんだって」

伏見は周平の言う意味がよくわからないのか、困惑したように眉を寄せてからプルトップを開けた。もう酔い始めているわりには豪快に缶を傾け、男らしい喉元を上下させてビールを呷る。アルコールには弱いかもしれないが、伏見がビールを飲む様は実に美味《うま》そうだ。

テレビは相変わらず賑やかなだけで、内容はほとんど頭に入ってこない。ひとりで暮らしていたときはよほど観たい番組でも放送されていない限りテレビなどつけなかったのだが、こうしてとりとめのない会話をしながらダラダラとテレビを観るのも悪くない。

会社の話や学生時代の話、たまにテレビから流れてくる会話を捕まえ、また新しい話題が広がる。

「あれ昔から欲しかったんですよね。家庭用プラネタリウム」

ちょうどテレビでプラネタリウム関連の話題が流れ、伏見が横目でテレビを見ながら呟く。周平もテレビを眺めて、いいねぇ、と相槌を打った。

「プラネタリウムなんて小学生の頃学校で連れていってもらって以来だな」

「小学校で行ったんですか」

「うん。近くに子供科学館があってね。ドーム一杯の星が綺麗だった。でも、家庭用プラネタリウムだとどの程度の星が見られるんだろう」

「完全に部屋の明かりを遮断できれば、結構本格的になるんじゃないですかね」

会話の途中で、テレビ画面に満天の星が映し出された。本物ではなく、映写機から生まれた星々だったが、東京で見上げる空より幾倍も美しいその光景に、周平と伏見はしばらく言葉もなく見入った。

「……ソファー、買いましょうか」

画面から星空が消えると、伏見がぼんやりとした口調で呟いた。振り返った伏見の目元は赤らんでいて、大分酔ってるな、と周平は内心苦笑する。

「どうして急にソファーなんか」

「テレビはやっぱり、ゴロゴロしながら観たいんです。前の部屋ではベッドに寝転がって観てたんですけど……」

「ここにソファーなんて置いたら狭くなるよ」

「二人掛けだったら問題ないんじゃないですかね」

「二人で並んでソファーに座るのかい？」

冗談で言ったつもりだったのに伏見は真面目な顔で頷くから、周平は弱り顔でビールを口に含んだ。

（男二人で並んでソファーに座るって、そんな……）

嫌でも体は密着するだろう。そのことを伏見はなんとも思わないのだろうか。周平が同性愛者だと知っているはずなのに。

「でも、これ以上家具を増やしたら――……」

何気なく口を開いて、周平はその先を言い淀む。

これ以上家具を増やしたら引っ越しのとき大変だろうと、そう口にしかけてやめた。

どれだけこの部屋の居心地がよくなったところで、ここはあくまで仮の部屋だ。周平は社員寮が空くまで、伏見は条件に合った新しい部屋が見つかるまでの仮住まいである。

（ずっとこの生活が続くわけじゃない……）

わかり切っていたことを改めて思うと、なぜだか胸の内側にぽかりと空洞が開いた気分になった。何かで満たされたと思っていた部分が実は張りぼてで隠してあっただけだと気づいて、一抹の淋しさに襲われる。

今更ではあるが、伏見はきちんと部屋探しをしているのだろうか。週末はほとんど家にいるが、ネットで情報収集でもしているのか。

訊いてみようかと思ったが、躊躇してしまって唇が動かない。早く出ていって欲しいと催促しているように聞こえても困る。

結局無言のままちびちびとビールを飲んでいると、いきなり伏見がテーブルに両腕をついて突っ伏した。重ねた掌に額を乗せて動かなくなった伏見を見て、これは本格的に酔い潰れたかな、と周平は思う。テーブルにはすでに数本の空き缶が転がっていて、周平は伏見の肩に手を伸ばした。

「伏見君、寝るなら部屋に戻らないと……」

指先が肩に触れる直前、重ねた手の上に頭を乗せたまま、伏見がぐるりと首を回して周平を見た。

伏見の目元は赤い。けれど瞳は素面と変わらず真っ直ぐで、周平は伏見がどの程度酔っているのか正しい判断がつかなくなる。

酔った？　と尋ねてみても伏見は答えず、突っ伏したまま妙なことを言い出した。

「……課長、人生相談してもいいですか」

思ってもいなかった発言に、周平はぱちりと目を瞬かせる。

誰かに人生相談を持ちかけられるなど、かつてなかった経験だ。学生の頃、相談という名の友人の愚痴につき合ってやるくらいならあったが、社会人になってからは同僚の愚痴を聞く機会すら減った。同じ部にいる女性陣は逞《たくま》しく、わざわざ童顔の周平を頼ってくることはなかったし、他の部の人間とはほとんど個人的なつき合いをすることもない。

人生相談というのがいかなるものかわからず、うろたえて返事もできない周平を尻目に、伏見は一方的に喋り始めた。

「俺、まともな恋愛したことないんです」

「ま、まともって……？」

了解する前に始まってしまった人生相談を打ち切るのも忍びなく水を向けると、伏見は何か考え込むように顔を顰《しか》めた。

「よくわからないんですが……最後まで上手くいったためしがなくて……」

「それは——……君がモテすぎるからとか？」

ひとりの女性とつき合っていてもまた別の女性にアプローチされ、断っても断っても新しい女性が現れるから実際つき合っている女性が心身共に疲れ果てて別れを言い渡してくる、というシナリオを勝手に思い描いた周平に、伏見は力ない笑みをこぼした。

「そんな凄い理由じゃなくて……単純に、つき合ってみたら思ってたのと違うって、相手に振られてばかりなんです」

「ああ——……」

うっかり納得したような声が漏れてしまって、周平は慌ててビールを口に運んだ。

しかし、わかる。三週間ばかり伏見と共に暮らした周平には、思っていたのと違うと口走る歴代の彼女たちの気持ちが痛いほどよくわかった。

伏見は見た目がスマートだ。少し冷たくて近寄り難いくらいの美貌《びぼう》の持ち主でもある。会社の窓辺でパリッとしたシャツを着てコーヒーなんて飲んでいる横顔はまさに王子で、だから彼女たちは、伏見が自宅でも身なりを整え、洒落た家具に囲まれて暮らしているとでも思ったのだろう。

だが実際、伏見の素の顔は王子でもなんでもなく、ずぼらな男子学生に近い。

帰宅するなり伏見が身につけるのは上下揃いのスウェットだし、食事はカップラーメンやコンビニ弁当で済ませるし、マンガを読むときはほとんど周囲の音が耳に入っていない。

自宅デートなんてさんざんだったのではないかと、周平は内心歴代の彼女たちに同情する。

伏見の部屋に呼ばれたからと目一杯めかし込んで行ってみれば、通されたのは六畳一間の狭い部屋で、伏見はジーンズにパーカーというまったく洒落っ気のない普段着で、ラーメンを啜りながらマンガを読んでいるときはどんなに声をかけても目も上げないのだ。

「幻滅した、ってよく言われるんですよね……」

周平は適当に言葉を濁す。わかるよ、とは口が裂けても言えない。

どうしたものでしょう、と伏見が突っ伏したまま上目遣いに尋ねてくるので、周平は渋い顔で耳の裏を掻いた。

「……普段から、もっと素の部分を出してみたらどうかな」

しばし黙考してから周平が提案すると、伏見は眉根を寄せて目を閉じた。

「俺別に、素の部分を隠してるつもりはないんですけど……」

確かに、会社ではカップラーメンを食べる機会もマンガを読む時間もなく、スーツ以外の服を着られないのだから隠す以前に素の出しようもない。

「だったら、女性にあまり優しくしなければいいんじゃないかな……？　そういうところが他の男と一線を画しているというか、王子扱いされる要因みたいだから……」

もしも女性に優しくしている自覚すらなかったらどうしよう、と内心危ぶんだ周平だったが、伏見は横顔を掌に乗せたまま、なぜか苦々し気な顔つきになってしまった。

「……それは、無理かもしれません。条件反射に近いので……」

条件反射、と伏見の言葉を復唱し、周平は斜め上を見ながらスルメに手を伸ばした。たとえ相手が重い荷物を持っていようと、それがあまり親しく言葉を交わしたことのない女子社員だったら声をかけるのにちょっと勇気を要する周平には理解できない台詞だ。

言葉にせずとも、周平のそんな思いが伝わったのだろう。伏見はのそりと身を起こすと、後ろ頭を掻きながら言葉を探し始めた。

「うち、上に姉が三人いるって言いましたっけ？」

聞いてる、と周平が頷くと、伏見はビールの缶を手元に引き寄せ、その中に声を落とすようにひっそりと呟いた。

「俺……姉たちにイケメン教育を受けさせられてきたんです」

それまで規則正しくスルメを噛んでいた周平の顎が止まった。

今、伏見はイケメンと言ったか。イケメン教育。聞き間違いだろうか？

やはり伏見は見た目以上に酔っているんだろうかと少々心配になってきた周平に、伏見はわかっているとでもいうように弱々しく頷いた。

「自分で言っていても舌を噛みそうです。正直わけがわからない。でも、姉たちは本気でした。俺をイケメンに育て上げようと鬼の教育を施したんです」

伏見の横顔は憔悴《しょうすい》していて、これは本格的に話を聞いてやるべきかと周平はスルメを飲み込んだ。

伏見の話によれば、伏見の姉たちは常々「アンタ顔は悪くないんだから」と言って伏見にイケメン教育とやらを続けたらしい。伏見の端整な顔は悪くないどころの騒ぎではないと思うのだが、見慣れた身内の目にはその程度に映ったのかもしれない。

具体的にイケメン教育がなんであったのかと問えば、なんのことはない、姉たちへの細やかな気配りを日頃から強要されるというだけのことだ。

女の子には優しくしなさい、困っていたら助けなさい。だから私たちには優しくしなさい、助けなさい。そういう理屈で姉たちの小間使いのようなことをさせられていたのだと伏見は言う。

「重いもの持ってるのに手を貸さなかったら全力で詰《なじ》ってくるし、靴ずれができれば平気で人の背中におぶさってくるし、断ろうとすると頸動脈《けいどうみゃく》しめてくるし……」

周平は目一杯想像力を働かせてみるが、上手くいかない。伏見の血縁者ならそこそこ整った容姿をしているのではないかと思うのだが、そんな女性たちが高飛車な要求を浴びせた挙げ句、腕力に訴えてきたりする様子はどうにも思い描きにくかった。

「表情にまでイチャモンつけてきて、女の子の前でへらへらすると馬鹿に見えるからあんまり笑うなとか、服と靴とハンカチはいつも綺麗にしていろとか……」

へぇ、と周平は思わず興味深い声を漏らしてしまった。現に伏見は女性の前では淡々とした表情を崩さないし、ネクタイや靴などの小物は常に美しく保たれている。今の伏見を形作っているものは、確かに幼い頃姉たちから施されたイケメン教育と深い関連がありそうだ。

伏見の過去に興味を惹かれ始めた周平の表情の変化には気づかず、伏見はビールを口に運びながら言い募る。

「乙女心のツボを突く仕種《しぐさ》とか教えられてもさっぱり理解できないし、でもやらないと関節技を決められるし、やってるうちにそれが癖になって、男子には格好つけてるってからかわれて、女子にはやたら手紙もらうようになって、でもよく知らない相手から手紙なんてもら

って も困るから受けとらなければ、クラスの女子全員から悪者扱いされるしで――……」

華やかな容貌に似合わず、伏見は意外と苦難に満ちた幼少時代を送ってきたようだ。

「実際つき合い始めてからも、勝手に幻想抱かれて、勝手に幻滅されての繰り返しです。もう恋愛なんてこりごりだから、せめて職場では何事も起こらないよう女性陣の皆さんには極力近寄らないようにしてるんですけど……」

周平は、購買部に来ても必要なことだけ告げて足早にその場を立ち去る伏見の姿を思い出す。口数は少なく、表情も乏しい。購買部に何か苦手意識でも持っているのかと思っていたが、あれは会社で女性とのいざこざを起こさぬための伏見なりの配慮だったようだ。

「でも、それでもまだ告白とかしてくる人がいるんです。どうせ結末なんて見えているからお断りすると逆恨みされるんです。こっちが意識的に冷淡に接しているのにめげずに告白してくる猛者《もさ》ですから、なかなか諦めてくれない上に妙な噂まで立てられて……」

酔いのせいか、いつになく熱っぽい口調で語っていた伏見はそこでぷつりと言葉を切り、力尽きたように項垂れた。

周平は、難しい顔で個包装された酢昆布の袋を破く。

社内では伏見に関する不穏な噂が絶えない。どれも現実離れしたものだからあまり信用していなかったが、それらが蔓延した事情の裏にこんな不毛なやり取りが隠されていたとは。

「秘書課は全員君の毒牙にかかってるっていう噂も……」

「多分、俺が振った秘書課の子がばらまいてます」

「初物食いっていうのは」

「……それ、どういう意味ですか？」

本当に言葉の意味がわからないという視線を向けられ、周平は苦笑と共に首を振った。

「確かに君は、家の外と中のギャップが激しいからなぁ」

言いながら、テーブルの端に積み上げられた伏見の私物に目を向ける。束《たば》になった古い週刊誌の上には日記代わりの手帳やペンが置かれ、周平が何度片づけるように言っても伏見は生返事をするばかりでなかなか行動に移さない。それでいて、仕事となれば足繁く客先に向かい、些細《ささい》なクレームにも迅速に対処するのだから驚く。家でも同じくらい身軽に動けばいいのにと、周平でさえ多少は思うくらいだ。

「でも、そういうギャップも悪くないのにね」

呟いて、周平は昆布を口に放り込む。

それは伏見を慰めるための方便ではなく、周平の本音だ。会社では王子だなんだともてはやされる伏見の、実際は庶民的な生活を知ることは、幻滅どころかむしろ楽しいことのように周平は思う。幻想を抱いている者に対して、ちょっとした優越感まで覚えてしまう。

伏見の彼女たちは、自分だけが知っている、というくすぐったいような感覚に心ときめかしたりはしなかったのだろうか。

今も機嫌よくそんな気分に浸ってビールを飲んでいると、缶の縁の向こうから、ジッとこちらを見ている伏見と目が合った。

ごくり、と喉が妙な音を立てる。一瞬本気で、頭の中を伏見に見られたかと思った。

伏見がいつまでも視線を逸らそうとしないので、相手の出方を窺うようにそろそろと缶を口元から離した。頭の中で言葉が回るが、炭酸に舌が痺《しび》れたのか声にはならない。

（いや、別に僕は君の彼女気分に浸ってたわけじゃなく、ただ一般論として他人の知らない部分を知るのは興味深いよねって、それだけの話で、深い意味なんて何も——）

一向に思ったことを口に出せないまま、それでも周平は同意を求めるような引き攣《つ》った笑顔を伏見に向ける。

伏見はそれを見返して何を思ったのか、ゆっくりとテーブルに視線を落とすと、耳の上辺りをゴシゴシと掌で擦《こす》った。その間にテーブルについた肘がずるずると移動して、伏見は再びテーブルに突っ伏してしまう。

顔が腕の間に埋まる直前、伏見はごく低い声でこう言った。

「……俺の素の部分を見ても態度が変わらなかったの、課長くらいですよ」

ぎくりとして、心臓が妙な方向に飛び跳ねたような気がした。周平の動揺を写しとったかのように、手にした缶の中でビールが波打つ。

伏見はそのまま突っ伏して何も言わないから、周平は無理に乾いた笑い声を上げた。

「それは……だって、僕は女の子じゃないから……」

伏見がわずかに頭を動かして、腕の隙間から目元が覗いた。切れ長の目はアルコールのせいか少し潤んでいて、女性のものとはまた違う色香が漂っている。長い睫が上下して、伏見はひそひそと内緒話でもするように囁いた。

「……でも、恋愛対象は男なんですよね？」

今度こそ、周平は完全に硬直した。缶ビールを中途半端にテーブルから浮かせたまま、瞬きもせず伏見の目を見返す。

周平が伏見にうっかり自身の性癖を暴露してから大分経つが、これまで伏見がその話題に触れてきたことは一度もなかった。

互いに触れないようにしてきたと思っていたのに、あまりに不用意に伏見がそれを引き合いに出してきたものだから、周平はうろたえて何も言えなくなってしまう。

まんじりともせず、そのままどれくらい見詰め合っていただろう。

波のさざめきに似た笑い声がテレビから響いては消え、消えては響くのを繰り返し、画面の端から端へスタッフロールが流れ始めるころ、スゥッと伏見の瞼が下がった。

睫の先が小さく震えたのを最後に、伏見は動かなくなった。次いで、規則正しい寝息が室内に響き出す。

一定のリズムで大きく上下する伏見の背中を確認して、周平はずるずると肩から力を抜いた。半端に上げたままの腕が痺れていて、残り少なくなっていた缶ビールを飲み干してからテーブルに戻す。カン、と小さな音がしたが、伏見の瞼はピクリとも動かない。

（び……びっくりした……）

伏見が眠っているのを確認して、周平は詰めていた息を盛大に吐き出した。いきなりこちらの性癖の話を振ってくるなんて反則だ。おかげで会話の前後がすっかり頭から抜け落ちてしまった。

（ふ、伏見君の恋愛遍歴の話をしてたんだよな……？　それがどうして僕の話に……？）

動揺が拭いきれず、話の脈絡を思い出せない。交わした会話を頭の中で反芻しようとしても伏見の寝息が邪魔をする。伏見は本格的に寝入ってしまったようだ。

幼い子供でもあるまいし、こんな数分でぐっすり寝込んでしまう伏見に呆れると同時に、多少の冷静さを取り戻した周平は席を立って伏見の肩を揺すった。

「伏見君、眠るなら部屋に行かないと。風邪を引くよ」

声をかけても、伏見からは呻《うめ》き声ひとつ返ってこない。どれだけ深い眠りに落ちているんだとさらに大きく肩を揺すると、伏見の肘がテーブルの端に積み上げられた雑誌にぶつかって、その上に乗せられていた手帳やペンが床に落ちた。それでもなお、伏見が目を覚ます気配はない。

どうしたものかと頭を掻きつつ、とりあえず床に落ちた手帳を拾い上げる。伏見がいつも日記帳代わりに使っている手帳は、毎日大きく開かれているからかノドの部分がすっかり柔らかくなって、見開きの状態で床に落ちていた。

日々のスケジュールを書き込む欄には、毎日五、六行の短い文章が書かれている。手帳を拾い上げながら何気なくそれを目でなぞり、周平は一点で視線を止めた。『課長と』という文字に自然と視線が引き寄せられる。

『来週から購買部の課長と一緒に暮らすことになった。あまり喋ったことはないがどんな人だろう。ルームシェアを受け入れてくれるくらいだから、いい人だと思いたい』

まだ周平と暮らし始める前の日記だ。

周平は、手帳を手にしたまま傍らの伏見を見下ろす。伏見はテーブルに突っ伏して身じろぎもしない。

少しだけ、悪戯《いたずら》心が湧いてきた。

伏見は毎日このテーブルで日記を書いている。風呂上がりに周平が側へ近寄っても、斜め隣に座ってすら日記を書く手を止めないし、ことさら隠そうとする様子もなかった。ということは見られて困ることを書いているわけではないのだろうと、周平はパラリと日記のページをめくった。

実をいえばこのとき、周平もかなり酔っていた。素面なら、たとえ他愛のないことしか書かれていなかったとしても他人の日記を盗み見るなんて絶対にしなかったはずだ。それなのに、このときだけはどこかタガが緩んだようになんの躊躇もなくページをめくってしまった。足元がふわふわして、ただ立っているだけなのにたたらを踏んだり体が傾いだりしている状況には気づけないまま。伏見ばかり酒が弱いと思って油断していたが、周平だってそう強くはない。

ぺらぺらとページをめくり、『課長』という単語がある部分だけを拾い読みしていく。

『引っ越しの手伝いをしようと思っていたのに、課長はほとんど荷物がなかった。凄く静かだ。何時くらいに寝るんだろう。テレビをいつまでつけていていいか迷う』

『最近目覚ましが鳴る前に目が覚めるようになった。課長が朝から台所で弁当を作っているから、物音で目覚める。実家に帰ってきた気分になる』

他人の目に映る自分の姿を垣間見ることは、少しスリリングで興奮する。悪い印象は持たれていなかったとホッとしたり、思いがけず冷淡に見られていたのかと反省したり。

伏見の気遣いも見て取れて、微笑ましく日々の記録を目で追っていると、ふいにギョッとするような言葉が目に飛び込んできた。

『課長がゲイだった』

どうやら周平がうっかりカミングアウトしてしまった日の日記のようだ。思わず鼻先まで手帳を近づけ、食い入るように文字を追う。

『世の中にそういう人もいることは知っていたけれど、まさかこんな身近にいるとは思わなかった。とりあえず、俺のことは別にそういう目で見ていないらしい。そりゃ好みもあるだろう。男なら誰でもって人じゃなくてよかった』

率直な伏見の意見に嫌悪の気配は漂っておらず、少なからず周平はホッとする。これまでだって伏見が自分に対して差別的な行動をとったことはなかったけれど、本当になんとも思っていないのか実は少し気になっていた。

日記には、さらにこんな言葉が続く。

『課長にとって俺と一緒に暮らすことは、女子高生と一緒に暮らすことと同じなんだそうだ。俺は女子高生に興味はないが、言わんとしていることはよくわかった。いろいろと、自重しよう』

思わず周平は笑みをこぼす。こうして日記を読んでいくと、伏見が意外なほど自分をよく見て、気遣ってくれていたことがわかる。

『課長の隣に立ったとき、肩が触れたら驚いたみたいに一歩下がられた』などというくだりでは、自分でも自覚していなかった仕種を伏見に見られていたことを知り、ひとりで赤面する羽目になった。

段々と、ページをめくるペースが落ちてくる。最近に近づくほど日記に自分の名が出る回数が増えてくるからだ。

課長がおでんを作ってくれた、また電気を消し忘れて課長に注意された、風呂の掃除をしたら課長に褒《ほ》められた、課長と一緒にケーキを食べた。

　仕事に関することだけを書いている日もあるが、最近は圧倒的に周平との話題が多い。こんなことあったっけ、と周平が忘れているような些細なことも、きちんと拾い上げて日記に書き込まれている。

　ほんの一ヶ月前まで一度として自分の名など出てこなかった他人の日記に、今はこんなにも自分のことが書かれていて、周平は不思議な感慨に浸る。日記に書かれた自分の話題と同じ分だけ、伏見の心も自分という存在で占められているような気分になって、周平は慌てて頭を振りその思いを打ち消した。

（いやいや、一緒に暮らしてるんだから頻繁に日記に書かれるのは当然だ！　同居を始めて間もないんだから、目新しくてつい日記に書きたくなる気持ちだってわかるし……）

　自分でも誰に対するものかわからない弁解を繰り返してさらにページをめくると、今日の日づけになってしまった。どうやら伏見は周平が風呂に入っている間に今日の出来事も日記に記していたらしい。

　途端に、周平の心臓がリズムを崩す。

　今日は百円ショップや神社で伏見に見苦しい姿を晒してしまった。金を使うということに常人にない抵抗を感じている自分を伏見はありのままに受け入れてくれたようだったが、それは伏見の本心だろうか。

疑うつもりはなかったが確かめたい気持ちもあって、周平は今日の日記を読み始める。

『課長から、昔の話を聞いた。お父さんが入院したり、大変な生活を送っていたらしい』

わずか数行のスペースに詰め込める情報量は少ない。伏見は簡潔に周平の過去を書いた後、やはり率直な感想を述べている。

『課長がやけに金にこだわる理由が、少しだけわかった気がする。金を使うのが怖いってどういう感覚なんだろう。欲しい物が店に並んでいたとき、課長はまずどう思うんだろう。欲しいと思う前に目を逸らすんだろうか』

見ているな、と周平は思う。伏見は本当によく見ている。周平自身目を背けたくなるような本音をいともあっさり掬い上げ、そうなんでしょう、と目の前に突きつけてくる。

『こういう話を、課長は他の誰かにもしたことがあるんだろうか』

日記の中の伏見の疑問に、ないよ、と周平は答える。あんな話をしたのは、伏見だけだ。

『もしも俺にだけ打ち明けてくれたのなら、嬉しい』

嬉しい、という言葉の前の句読点は、なぜかそこだけインクがにじんでいる。まるで次の言葉が思いつかず、長くその場所でペンを止めていたように。

その次の行も、最初の文字はインクがにじんでいた。書き出すことに躊躇したのか、文字が少し角ばっている。

周平はアルコールに浸された頭で、でも自分が酔っているとは少しも自覚できないまま、その文章を目で追った。

一回目は意味がよくわからず、もう一度文頭から読み直す。それでも頭に入ってこなくて、もしかすると自分は酔っているのかな、とようやく自覚した三回目、唐突にそれが周平の目に意味を伴って飛び込んできた。

『課長のことが、好きかもしれない』

意味がわかったのと、息が止まったのはほぼ同時だ。

文章の先頭でわだかまるようににじんだインクの染みから目が離せなくなる。迷って迷って書き出したのが窺える一文だった。この行だけ、他の文字より線が固い。最後の一文字を書き終えて、なおも迷っているような字だ。

(好きって――……)

周平は日記の一文から目を逸らせないまま考える。好きってどういう意味だろう。単なる好意か。それにしてはこの迷いをにじませる文面はなんだ。

(好きって、まさか)

まさか、と周平は声に出して呟いてみる。掠《かす》れた声はやけに震えていて、自分の心臓の音に合わせて震えているのだと遅ればせながら理解する。

俄かに足元がぐらついて、周平は慌てて日記を閉じるとそれを雑誌の上に戻した。思い出したように伏見の顔を確認する。伏見は瞳を閉ざして深い寝息を繰り返している。

まさか、と周平はもう一度呟く。だって伏見はそんな素振りをちっとも見せなかった。

(でも、なんだか今日は、随分伏見君と目が合ったような……?)

気のせいだろうか。今日に限って伏見はジッと周平の目を覗き込むことが多かった気がする。周平の顔をまじまじと見た後、酔ったと言って顔を俯けたとき耳を赤くしていたのは、本当にアルコールのせいだけだったのだろうか?

どうして急に人生相談なんて持ちかけてきたのか、どうして恋愛の話になったのか、今更疑問が湧いてきて周平は口元を手で押さえた。こんなときに、眠る直前に伏見が口にした台詞が耳に蘇る。

『でも、恋愛対象は男なんですよね?』

(な……なんで急にあんなこと確認してきたんだ……⁉)

まさか、まさかと繰り返す。そうしていないと妙な考えにとらわれ、あらぬ妄想をしてしまいそうで怖かった。

周平はじりじりと後ずさりをして伏見から距離をとり、でもこのまま伏見をダイニングで寝かせるわけにもいかず遠くから声をかける。

「ふ……伏見君、寝るなら部屋に……」

声の震えは隠せない。心臓がバクバクと音を立てる。アルコールが一気に体を巡って膝から力が抜けそうになる。

まさか、と、もう一度口に出して呟いてみた。

それに応えてくれたのは、テレビから漏れる微かな笑い声と、規則正しく繰り返される伏見の寝息だけだった。


朝、身支度を済ませると周平は弁当の用意をする。といっても、作り置きのおかずを弁当箱に詰めるだけだからさして時間はかからない。並行して朝食の準備もするので、朝の台所は少し騒がしい。冷蔵庫を開け閉めする音、食パンを袋から取り出す音、ケトルの中で湯が沸騰する音、皿とコップのぶつかり合う音。

こういう音で毎朝伏見が目を覚ますことを、周平はもう知っている。

「——……おはようございます」

背後から起きがけの掠れた声がして、インスタントコーヒーの蓋を開けようとしていた周平の手がわずかにもたつく。振り返ると、目を半開きにした伏見がスウェット姿のまま私室から出てきたところだ。

おはよう、と挨拶《あいさつ》を返して周平は朝食の準備に戻る。スリッパを履いた伏見の足音が脱衣所の向こうに消えると、ホッと肩から力が抜けた。

周平が伏見の日記を盗み見てしまったのは一昨日《おととい》の夜。あの日は結局伏見を起こすことができず、伏見の背に周平のコートや毛布などかけて暖房をつけ、周平は自室に戻って眠った。アルコールのおかげもあって眠るには眠れたが、むしろ大変だったのは翌朝以降だ。

あの日記に書かれた言葉はなんだったのか、伏見はどういうつもりだと悩み始めたら、ろくに伏見の顔が見られなくなってしまった。

当の伏見は周平に日記を見られたことなど知らないから、いつものように気安く周平に接してくる。周平としても日記を見ただなんて本人に言えるわけもなく、必死でこれまでと同じ態度を装っているのだがこれが偉く疲れる。

（他人の日記を見るなんて最低のことをするからこんなことになるんだ……）

色違いのカップにコーヒーの粉を入れながら、周平は深い後悔の混ざる溜息をついた。

伏見には本当のことなんて絶対に言えない。他人に日記を見られたなんて、どんな理由があろうと不愉快に思うに決まっている。全面的に自分が悪い自覚があるだけに言い訳も浮かばず、だからと言って自ら伏見の怒りに触れる勇気もなく、周平はひたすら何もなかった顔を貫くしかなかった。

鬱々《うつうつ》とした気分でリンゴを剝き、その間にトースターで食パンを焼く。リンゴを皿に盛ってコーヒーの粉の入ったカップに湯を注ぎ、焼き上がったパンを皿に乗せたところでスーツに着替えた伏見が現れた。

「おはようございます」

今度こそ目の覚めた顔で伏見が朝の挨拶をする。もしかすると、起きがけの挨拶は意識に残っていないのかもしれない。おはようと二度言われるのは毎朝のことだ。

パリッとしたワイシャツに光沢のある深緑のネクタイという王子然としたいでたちで現れた伏見の席に、周平は食パンの乗った皿とマグカップを置いた。周平が伏見の朝食の用意をするのは毎朝のことだが、伏見はいつも恐縮した顔で頭を下げる。

「すみません、いつも。でも、大変だったら俺の分は用意してくれなくても……」

「いいよ。一人分用意するのも二人分用意するのも一緒だから」

リンゴもいただいてるし、とつけ加えて周平も席に着く。テーブルの中央に置かれたリンゴは伏見の実家から届いたものだ。周平もおすそ分けしてもらったのでありがたく朝食に食べさせてもらっている。

「それより伏見君、今日は客先に直行だって言ってなかったっけ?」

早速テレビのスイッチを入れた伏見に周平は尋ねる。先方の最寄駅は会社に向かう途中の駅だから普段より遅く出てもいいはずなのに、いつも通りの時間に起きてきた伏見に周平は首を傾げる。朝に弱い伏見は、十分でも遅く家を出られるならきっちりその分起きる時間も後ろにずらすのが常だったのだが、今日に限ってどうしたことか。

伏見は食パンにマーガリンを塗りながら横顔だけで笑った。

「まあ、せっかくですから課長と一緒に家を出ようと思いまして」

「せ……せっかくって？」

意識すまい、と思っても、どうしても伏見の言葉にいちいち反応してしまう。ごまかすように大きな口でリンゴを頬張る周平を見て、伏見は穏やかに目を細めた。

「どうせだったら誰かと喋りながら歩いた方が楽しいじゃないですか」

当たり障りのない返事に、安堵したような肩透かしを食らったような複雑な気分になるのはなぜだろう。周平は自身の反応を持て余し、無言でリンゴを食《は》んだ。

食事を終えて後片づけを済ますと、周平は伏見と連れ立って家を出た。

「課長、そろそろコート着ないと寒くないですか」

すでに黒のトレンチコートを着ている伏見が尋ねてきて、まだマフラーしか巻いていない周平は、そうだね、と濃紺のマフラーを口元まで引き上げた。

「前に使っていたのは火事で焼けてしまったから、そのうち買いに行かないと……」

「あれ、でも土曜日にコート着てませんでした？」

「あれは学生の頃使っていたコートだよ。会社には着ていけない」

「そうですか？　なんか可愛《かわい》くて似合ってましたけど」

さらりと伏見が可愛いなんて言うものだから、危うく足が止まってしまいそうになった。

年上相手になんてこと言うんだ、と横目で軽く睨んでやったが、伏見は自分の失言に気づいたふうもない。眉ひとつ動かさず、「今日は冷えますね」なんてのんきに呟いている。

なんだか自分ひとりが伏見を意識しているようで、周平は戸惑う表情を隠そうとマフラーを口元に押しつけた。

駅に着くと、ラッシュ時のホームには長い人の列ができていた。伏見の向かう先は会社から四つほど手前の駅にあるので、いつもと同じく伏見と一緒に電車に乗り込む。

伏見と朝食を食べるようになってから、こうして同じ電車で会社に向かうことも珍しくなくなった。だが、今朝《けさ》はどうにも勝手が違う。扉が閉まる直前に電車に乗り込んだため入口近くに立った周平は、満員電車の中で伏見の方に体が傾きそうになるたび必死でドアにすがりついた。いつもなら少しくらい伏見に寄りかかることもあるのだが、今日は駄目だ。どうにもいけない。伏見の顔を見上げることすら儘《まま》ならない。

(駄目だ、意識しすぎだ、好きかもしれないなんて言葉でこんなにうろたえてどうする)

好きと言ってもいろいろな種類がある。伏見はノーマルな男なのだし、周平が取り乱すような意味でないことくらいわかっているはずなのに。

しっかりしろ、落ち着け、とドアに両手をついた周平が自分に言い聞かせていると、カーブにでも差しかかったのか電車が急に速度を落とした。

慣性の法則に従って、人の体がドドッと斜めに倒れ込む。ドアにへばりつくようにしていた周平の背中にも圧がかかり、たくさんの人の重みに押し潰されるのを覚悟して腹に力を入れたとき、周平の目の前のドアに勢いよく大きな手が押しつけられた。

驚いた周平が首をねじって後ろを向くと、周平の真後ろに立っていた伏見がドアに片手をついて目一杯腕を突っ張っている。どうやら背中にのしかかる乗客たちの体重をドアに押しつけた腕一本で支えているらしい。その証拠に伏見は眉を寄せ、手の甲に筋が浮き上がるほど力を込めて体を支えているようなのに、伏見とドアの間にいる自分にはほとんど圧力がかかっていない。

電車が通常のスピードに戻り、人々が再び体勢を立て直しても、伏見は周平を片腕で囲うようにしてドアから手を離さなかった。

周平は少し迷ってから、小声で伏見に礼を言う。

「あ……ありがとう、助かった」

いいえ、と伏見は短く答えて横を向く。声は思いの外耳の近くで聞こえて、周平は背中で感じる温みが伏見のものなのだと強く意識してしまい落ち着かない気分になった。

伏見はどんな顔をしているのだろうと、肩越しにちらりと視線を向けてみる。見上げた伏見の頬はどことなく赤いような気がして、慌てて視線を前に戻した。

(み……見間違いだ——……)

ドアに体を押しつけて、周平は忙しなく視線をさまよわせた。顔のすぐ横にはまだ伏見が手をついている。背中で伏見の広い胸を感じると片腕で伏見に抱き込まれているような錯覚

に陥って、周平は冷たいガラスに額を押しつけた。

（落ち着け、もう、頼むから――……！）

懇願混じりに自分に言い聞かせ、周平はひたすらに時間が過ぎるのを待った。

朝の電車の中は、床も見えないくらいたくさんの乗客がいるとは思えないほど静かだ。会話をする者はほとんどおらず、誰かのイヤホンから漏れる音楽がうっすらと漂う以外は、車輪が線路を噛む音くらいしか聞こえない。そんな中、いつもより速い自分の心音が聞こえるようで、周平は額をガラスに押しつけたままギュッと目を閉じた。

数十分後、電車はようやく伏見の降りる駅のホームに滑り込んだ。

「じゃあ、俺はここで」

周平の顔の横についていた手を伏見が下ろし、周平はそっと肩から力を抜く。

「帰りはちょっと遅くなるかもしれません」

「……そうか、わかった」

「………おでこ、赤いですよ」

横から伏見に顔を覗き込まれ、周平は慌てて額を手で押さえた。長いことガラスに額を押しつけていたせいだろう。

伏見は額を隠した周平を見下ろして小さく笑うと、行ってきます、と声をかけてから電車を降りた。声はいつになく甘く耳に響き、周平は額だけでなく頬まで赤くなった気がしてわずかに顔を俯けた。

ドアが閉まり、再び電車が動き出す。

背後に伏見がいなくなると、カーブや減速のたびに四方からぎゅうぎゅうと人に押された。

息苦しさに眉を顰《ひそ》めながら、伏見が自分を庇《かば》っていたのは思い違いではなかったのだと改めて思う。

では、振り返ったとき伏見が顔を赤らめていたように見えたのも、思い違いではないのだろうか？

（……なんで僕はさっきから、こんなに伏見君のことばっかり考えてるんだろう）

伏見が自分に好意を寄せているかもしれないと思うからだろうか。あの日記を読むまでは、満員電車で伏見と体が密着してもここまで意識することはなかったのに。今は伏見がいなくなってもなお、頭の中から伏見の存在が消えない。

（好きって言われたら好きになるって、本当なのかな……）

以前部下の浅井が言っていた言葉を思い返した周平は、脳裏に浮かんだ言葉を慌てて打ち消した。

（いやいやいや！　伏見君が僕みたいな童顔のオッサンを好きになるわけないし、僕だって別に、伏見君のことを好きになったわけじゃ……！）

ない、という言葉は、背後から押し寄せてくる人の重みに押し潰され、結局最後まで周平の胸の中で呟かれることはなかった。

なんの前触れもなく総務部に呼び出されたのは、昼休みが終わった直後のことだった。

ふさふさとした灰色の髪を綺麗に整えた総務部部長は、デスクの前までやってきた周平に明るい笑顔を向けると開口一番、こう言った。

「朗報だよ。寮に一室空きが出た」

弁当を食べたばかりで腹が満ち、ついでに暖房の効いた温《ぬる》い空気の中で多少の眠気に襲われていた周平は、部長の一言で顔面に冷や水をぶちまけられたがごとく表情を一変させた。

直立不動の体勢で大きく目を見開く周平を見て、部長はにこにこと笑っている。

「思ったより早く空きができたから驚いただろう。前から寮にいた子だったんだけどね、火事で焼け出された連中が来て急に寮の人数が増えて、うるさいし落ち着かなくなったから寮を出たいって言うんだ」

周平が喜びのあまり口も利けなくなったと勘違いしてか機嫌よく喋る部長を、周平は口を半開きにしたまま見ていた。

寮の空きが出るのはずっと先のことだろうと思っていたので驚いたのは間違いないが、いつまで待っても喜びが湧いてこない。むしろ胸に広がるのは戸惑いばかりだ。

「あの、じゃあ、いつ頃、移れるようになるんです……？」

驚きと戸惑い、その下からじわじわと広がってくる、喜びとは程遠い感情から無理やり目を逸らして周平が尋ねると、部長は卓上カレンダーを手に取った。

「彼はもう新しい部屋を見つけて、今月中には寮を出たいと言っていたからね……来週の頭にはもう入れるかな」

早い！　と思わず声に出してしまいそうになって、周平はすんでのところでそれを飲み込んだ。口に出していたらさすがに部長も気づいただろう。周平の声に歓喜ではなく、落胆に似たものがにじんでいたことに。

周平もさすがに胸を占める感情をごまかしきれなくなって、険しい表情で自分の爪先を睨みつけた。自分でも自分の感情が整理できない。今のアパートに引っ越すことが決まったときは、家賃が値上がりすることに悲嘆して一刻も早く寮に戻りたいと思っていたのに。

（そうだ、寮に戻れば家賃は今の半額になる。二万円以上家賃が浮くんだ、二万なんて大きいじゃないか、二万だ、二万――……）

それなのに、どうしてだろう。周平の心は一向に弾まない。むしろ下降していく一方だ。寮に戻れば家賃が浮く。でも寮に戻れば、伏見がいない。

「どうする、早速寮に入るかい？　あー、でもさすがに今週末は無理かな。来週……？」

「ち、ちょっと待ってください！」

今にも入寮の手続きを始めてしまいそうな部長を周平は慌てて止める。なぜ止められたのかわからないという顔でこちらを見上げる部長に、周平自身どうして止めたのかわからないまま、場繋ぎのように言葉を探した。

「あの……もしかすると、伏見君も寮に戻りたいと言うかもしれませんし……一応彼にも聞いてみないと……」

「あー、そうか。君が出ていったら伏見君がひとりであの部屋に住むことになるからね。伏見君からは特に寮に戻りたいって要望は出ていなかったけど、彼は新しい部屋を探してるのかな、それともひとりでもあの部屋に住むつもり？」

何か聞いてる？　と部長に尋ねられ、周平は弱々しく首を横に振った。思えば伏見とは、そんな話すらまともにしたことがない。

(……伏見君は、どう思うんだろう)

周平がひとりで寮に入ることになると知ったら、伏見はどんな顔をするだろう。ひとりでは今のアパートの家賃は払いきれないから、せめて次のアパートが見つかるまで一緒にいてくれと言うだろうか。それとも。

(……それとも——……？)

周平は伏見と話し合うため、いったん話を保留にしてもらって総務部を出た。

購買部に戻ってからも、周平の頭は伏見のことで一杯だった。寮に空きが出たと告げたときの伏見の反応が気になって仕方がない。

（どうしよう、こんなに早く寮が空くなんて……伏見君なんてダイニングテーブルまで買ったのに……。あのテーブル持って引っ越しするのかな、家具が増えた分引っ越し料金も高くつくのに。そういえばマグカップと箸も、まだ買ったばかりだ……）

色違いのカップと箸とスリッパ。短い期間とはいえ伏見と一緒に使っていたそれを、別々の場所でひとつだけ眺めるのは、想像しただけでなんだか胸がスカスカした。

「――っ課長！　聞いてますか！」

デスクで頬杖《ほおづえ》をついて周平が溜息をついたら、いきなり鋭い声が飛んできた。ビクッと体を震わせた周平が顔を上げると、前方の席に座る浅井が鬼の形相で周平のデスクの電話機を指差した。

「三番、鈴木板金《すずきばんきん》さんからお電話です！」

随分前から周平を呼んでいたらしい。腕一本分離れた距離にいる浅井の声すら届かないほど物思いに耽《ふけ》っていたのかと、周平は慌てて受話器を取った。

そうやって気を取り直したつもりだったが、その後もしばしば周平は意識を遠くに飛ばして浅井にどやしつけられる羽目になった。メールを打っていても途中で画面の一点を見詰めたまま動かなくなるし、コピーをとるため席を立ったはずがコピー機を素通りした上、フロアを旋回しただけでまた自分の席に戻ってくる。電話の音どころか部下たちの呼びかけも耳に届かぬ様子の周平に、定時間際になってとうとう浅井が切れた。

「課長！　今日は一体どうしたんです、まるで使いものになりませんね！」

見積書を見ていたつもりがいつの間にか余白の部分をジッと見詰めていた周平は容赦のない浅井の声で我に返って、慌ててデスクの上に転がしておいたペンを手に取った。だが、浅井はそんな周平の小芝居など見向きもせず周平のデスクの前で腕を組んで仁王立ちになる。午後から自分の意識が完全に浮遊していることを自覚する周平は、先生に叱られる生徒の気分で両手を膝に置いて首を竦めた。

部下といえども浅井は怖い。歯に衣着せぬ物言いは上司である周平ですらたじろぐこともしばしばだ。今回は何を言われるのかと思ったら、浅井は腕を組んだまままきっぱりとした口調で言った。

「具合が悪いのなら、我慢してないで早く帰ってください！」

え、と周平が間の抜けた声を上げると、浅井の後ろから他の部下たちも、そうですよ、と同意の声を上げた。

「お昼食べた後から、課長ずっとお腹でも痛そうな顔してるから……」

「私てっきり、頭でも痛いのかと思って頭痛薬あげようかと思ってたんですけど……」

「珍しく唐揚げなんてお弁当に入れてるから、胸焼けでも起こしたのかなって……」

どうやら物思いに沈む周平の姿は、部下たちの目には体調不良を無理やり抑え込んでいるように見えたらしい。

周平は慌てて勘違いを正そうとしたが、浅井はまるで聞く耳を持ってくれない。

「もう今日は定時に上がってくださいよ、課長」

「いや、そういうわけには――……」

「どうしても今日中に終わらせなくちゃいけない仕事でもあるんですか？　だったら私たちに振ってくれても構いません」

「そ、そんな急ぎの仕事があるわけじゃないけど、でも……」

「だったら帰ってください！　脱、実務宣言したんでしょう？　青白い顔した課長にそこに座っていられると、私たちも気が気じゃないんですよ」

浅井の後ろで、部下たちが一様に頷く。どうやら皆、周平の体調を心配してくれているらしい。本当のところ体調は至って良好だが、部下たちに気遣ってもらえるのは面映《おもは》ゆく、少しだけ嬉しくもあって、周平は眉尻を下げた情けない顔で笑った。

「本当に大丈夫なんだけど――……」

「駄目です。無理して長期休養なんてされた方がよっぽど困ります。ほら、もう定時なんですから帰っていいですよ」

きびきびと浅井に指示を出され、周平は肩を竦めて席を立った。浅井の言う通り、今日の自分は会社にいてもまるで使いものにならない。それで部下たちの気が散るというのなら、今日のところは大人しく退散しよう。

汚れたカップを持って給湯室に向かうと、廊下で百瀬と行き合った。技術部にでも行っていたのか、今まで席を離れていた百瀬は当然先程の浅井たちと周平のやり取りを知らない。周平の顔を見るなり、小走りで周平の元へ駆け寄ってきた。

「あの、課長……ちょっと、お時間よろしいですか……？」

周平はカップを持ったまま立ち止まり、どうしたの、と百瀬の顔を覗き込む。

百瀬は周平を呼び止めたもののひどく逡巡する様子で、長い髪の先を落ち着きなく指先で梳《す》きなかなか口を開こうとしない。

そういえば、ここのところずっと百瀬は遅くまで会社に残っていた。聞いた話では試作機の見積もりと納期確認を任されているらしいが、それにしてはあまりに仕事に手間取っているようなので、一度仕事の進行状況を尋ねておこうと思っていたところだ。

周平は壁際に寄りかかると、ゆったりと腕を組んで百瀬に尋ねた。

「最近仕事はどう？　何か困っていることはない？」

ときに新入社員と間違えられるほど童顔な周平だが、伊達に何年も女性ばかりの部下を束ねてきたわけではない。相手に安心感を与える穏やかな声音で尋ねると、視線を下げ気味にしていた百瀬がパッと顔を上げた。

黒目がちの大きな瞳が、すがるように周平を見上げてくる。やはり何か問題でも抱えているのかと周平が次の言葉を待っていると、背後から威勢のいい声が飛んできた。

「課長、まだそんな所にいたんですか？」

振り返ると、オフィスから書類片手に浅井が出てきたところだ。浅井は大股で周平の元までやってくると、周平の手から汚れたカップを奪い取る。

「カップなら私が洗っておきますから、早く帰ってください」

そこで初めて百瀬に気づいた顔をして、浅井は周平と百瀬の顔を交互に見た。

「……すみません、何かお話し中でした？」

ちょっとね、と周平が頷くより早く、百瀬が大きくかぶりを振った。

「いえ、大丈夫です！　すみません課長、お帰りのところを引き留めて」

「あ、いや、それは大丈夫なんだけど——……」

何か言いたいことがあったんじゃないの、と周平が尋ねるより先に、百瀬は一礼してその場を後にしてしまった。逃げるようなその足取りに周平は小首を傾げる。隣を見ると、浅井もきょとんとした顔だ。

「……何かあったのかな？」

「さぁ……やっぱり私、お邪魔しちゃいました？」

ふたりで顔を見合わせたものの答えなどわかるはずもなく、周平は明日改めて百瀬と話をする時間を作ると浅井に言い置いて会社を後にしたのだった。

会社を出ると、湿った風が頬を嬲《なぶ》った。見上げた空には雲が垂れ込め、今にも雨が降り出しそうだ。大通りを足早に行きかう人の中には制服を着た学生の姿もちらほらと見られる。定時に帰るなんて久々だ。

もうすぐ十一月も終わるので、車道の両脇に植えられた木々にはクリスマスの電飾が施されている。店の前を通りかかると店内からクリスマスソングが流れてきて、街全体がウキウキと浮かれた雰囲気だ。

周平はいつもより遅い足取りで駅への道を歩く。華やいだ街の景色とは裏腹に気が重い。家に帰ったら、伏見に寮が見つかったことを伝えなければいけない。

(……一ヶ月も一緒にいられなかったんだな)

伏見と同居を始めてから、来週でようやく丸一ヶ月だ。その頃には、周平はもう引っ越し準備を終えているかもしれない。伏見が周平を引き留めない限り、きっとそうなる。

(引き留められるわけもないか――……)

そう思うと胸がまた重苦しくなる。同時に自分が伏見に引き留められたがっていることを自覚して、周平は苦々しい溜息をついた。

伏見との共同生活は思いの外楽しかった。最初こそ生活習慣の違いからやきもきすることも多かったが、最近ではそれを楽しむ余裕すら生まれていたのに。

伏見がいなければ観ることもなかった深夜番組や、使うこともなかったバスソルト。温めた牛乳にたっぷりとコーヒーの粉を入れたカフェオレも、多分伏見が用意してくれなければ自分で作ってみようとは思わなかっただろう。

伏見と離れて暮らしたら、また生活は以前のものに戻るだろうか。そのことに、味気なさを覚えたりはしないだろうか。

横断歩道を渡りながら今日で何度目になるかわからない溜息をついた周平は、信号を渡り切った先にある店の前で思わず足を止めた。

歩道に面してショーウィンドウを設《しつら》えたその店は、二階建ての小ぢんまりとしたおもちゃ店だった。クリスマスが近いからか、ショーウィンドウには赤や金のリボンで華やかな飾りが施され、たくさんのおもちゃが並べられている。

その中に置かれている家庭用のプラネタリウムに、周平の目は釘づけになった。

（あれ、伏見君が欲しがっていたやつかな……）

黒い卵型の装置にスタンドがついたそれは、伏見と一緒にテレビで観たものと似ている気がした。昔から欲しかったんですよね、とテレビを眺めながら呟いた伏見の横顔を思い出し、周平はふらりと店内に足を踏み入れる。

この手の店に入ることなど滅多にないので、どこに何が置かれているのかよくわからない。着せ替え人形やジグソーパズル、動く犬のぬいぐるみの前を闇雲に行き来して、数分後、ようやく店の片隅に家庭用プラネタリウムを見つけた周平は棚の前で腰を屈《かが》めた。

手に取った装置の値段を見て、周平は引き攣った声を上げそうになる。

（よ……四万もするのか……）

どうりで伏見もなかなか買えないわけだ。これはさすがに高い、と箱を棚に戻した周平だが、見れば他にも種類の違うものが幾つかあるようだ。筒状の小さい装置なら三千円くらいだし、万華鏡のように装置の中を覗き込む掌サイズのものなら千円程度で買えてしまう。外に飾ってあったプラネタリウムは、一万円にギリギリ届かないという価格帯だ。

周平はプラネタリウムの並ぶ棚の前で腕を組む。

（来月、伏見君の誕生日なんだよな……）

買ってあげたら伏見は喜ぶだろうか。そう思ったら、心臓の裏から風でも吹き抜けたようにふわりと心が浮き上がった。

（で、でもな、いい大人に誕生日プレゼントっていうのも変か……）

慌てて思いつきをかき消そうとしたが、伏見にはダイニングテーブルも買ってもらっているし、なんだかんだとテーブルも使わせてもらっているし、と思いつきを補強する気持ちばかりが湧き上がってくる。

（それに、もしかしたら来月には引っ越すかもしれないし……いろいろと、伏見君にはよくしてもらったから――……）

一緒に買い物に行って、酉の市にも寄って、周平自身忘れていたような昔の話を聞いてくれた。迷子になった気分で俯く周平の手を引いて、金は貯めるよりも使った方が楽しいのだとからりと笑って教えてくれた。

周平は指を伸ばし、棚に並んでいた箱を手元に引き寄せる。

（…………一万円かぁ）

それくらいなら財布の中にも入っている。今すぐにでも買える。でも一万円といえば月の食費の大半を占める金額だ。その上そろそろ会社に着ていくためのコートも新調しなければいけない。周平は両手で箱を抱えたまま低く唸った。

右隣から、同じような唸り声が聞こえてきて周平は顔を上げる。横を見ると、いつの間にか周平の隣に小学校の低学年らしい男の子がいて、難しい顔で棚の前にしゃがみ込んでいた。その手の中には、くしゃくしゃになった五千円札が握り締められている。

プラネタリウムの棚の隣にはプラモデルが並んでいる。よほど欲しい物でもあるのか、子供は棚に積まれたプラモデルをジッと見て動かない。手にした五千円札が気になるようで何度も指先で確かめているが、視線は棚に縫い止められたままだ。

子供にとって五千円は大金だ。使うか否か迷っているのだろう。踏ん切りがつかないのか、男の子は時々焦れたように地団太《じだんだ》を踏む。

欲しいものがあって、それを買うための紙幣があって、でも大金を使うだけの度胸がなくてその場に立ち竦んでいる子供を見下ろし、周平は眼鏡の奥で瞬きをした。もしかすると、自分もあの年頃から金の使い方が止まっているのかもしれない。

周平はもう一度手の中の箱を見下ろす。背景に満天の星空がプリントされた箱を見て、どうかな、と自分自身に問いかける。買ってしまっても後悔はしないだろうか。

『本人に後悔がなければ、どんな使い方をしたって正解です』

こんなときに、伏見の言葉を思い出す。軽く背中を押された気分で、周平は一歩足を前に踏み出した。

ふらふらと、覚束ない足取りでレジへ向かう。この期に及んでまだ気持ちは定まらず、足を止めようか引き返そうかぐらぐらと心が揺れた。やっと覚悟が決まったのは、レジの奥に立つ店員と目が合った瞬間だ。ここまで来たらもう引き返せない。

レジの台に商品を乗せ財布の中身を確かめていたら、店員に「プレゼントですか？」と尋ねられた。周平が頷くと、髪に大分白い物の混じる男性店員は、「では、ラッピングをいたしましょうか」と柔らかく笑った。

包装紙には幾つか種類があり、今の時期にふさわしいクリスマス用のものもあったのだが、周平は誕生日用の包装を頼んだ。白地に金で「happy birthday」と印刷された紙に、赤いリボンがかけられる。店員の手で丁寧にラッピングされていくそれを見ているうちに、周平の胸に不思議な高揚感が迫ってきた。

一万円を使ってしまったという後悔より、伏見が気に入ってくれそうなものを買えたという充足感が胸を満たす。生活に絶対必要というわけではないものを買ったのにこんな気分になるのは初めてだ。スーツやコートを新調するときですら、諦めにも似た、砂を嚙むようなざらざらとした後味の悪さばかりが残るのに。

　白い紙袋に入れられた荷物を受け取ると、周平は思わず掌で口を覆った。大枚をはたいたというのに口元が緩みそうになる自分が信じられない。

　店を出ると、歩くスピードは会社を出たときとは比べ物にならないほど速くなっていた。気が急いて自然と早足になってしまう。

（伏見君、喜んでくれるかな）

　両親の誕生日ですら、間違いがないように本人たちのリクエストしたものだけ贈ってきた周平だから、本人の意向を聞かずにプレゼントを買うのは初めてだ。

　喜んでくれたらいいな、と思う。それだけで、胸の奥がうずうずとくすぐったい。

（これを買うとき、伏見君の言葉を思い出したんだって言ってみようか）

　欲しいものを手に入れるとこんなに楽しい気分になることを周平は知らなかった。慣れないことに迷いはしたが、財布を開くとき指先は痛まなかった。罪悪感もない。

　週末に伏見とビールを飲みながらテレビを観たときのように、二人で天井に映るプラネタリウムを見上げる様を思い浮かべたらまた軽やかに心臓が弾んで、周平はほとんど走るような足取りで駅へと向かった。

最寄り駅を出ると、ぱらぱらと雨が降っていた。

荷物を気にしながら早足にアパートまで帰ってきた周平は、一階から自室を見上げて目を瞬かせた。部屋に明かりがついている。

今日は帰りが遅いようなことを言っていたはずだが、と朝の会話を思い出しながら玄関を開けるとダイニングからテレビの音が漏れてきて、やはり伏見が帰っているようだ。

てっきり自分の方が早いと思っていた周平は慌てて手にした紙袋を見下ろす。どうせ伏見に渡すつもりなのだから隠す必要もないのだが、まだ心の準備ができていない。

ケーキを買ってきたときは必ず皿とフォークと飲み物を用意するように、何か普段と違ったことをするときには、それなりの準備や心構えが周平には必要だった。

伏見がテレビをつけたまま自室に戻っていればいい、なんていつもなら絶対に考えないことを願いつつダイニングのドアを開けると、すぐにキッチンから伏見の声が響いてきた。

「お帰りなさい、雨大丈夫でした？」

伏見がカウンターからひょいと顔を出す。同時に鼻先をカレーの匂いがくすぐった。室内を満たす食欲をそそる匂いに鼻をひくつかせながら、周平は心持ち荷物を体の後ろに隠して部屋の中に入った。

「ふ、伏見君、今日は遅いんじゃ……？」

「その予定だったんですが、急遽早く帰れることになりまして。ほとんど定時で帰ってきたんですよ。こんなこと滅多にないので、たまには夕飯でも作ろうかと思って」

ほら、と伏見がガスコンロにかけられた鍋を指差す。ことことと温かな音を立てる鍋の中身は訊くまでもない。

ひとり暮らしを始めてからというもの、誰かが食事を作って待っていてくれるなんて初めてだ。カレーだね、と顔をほころばせた周平に伏見も笑顔で頷く。そのままコンロに体を向けるかと思いきや、伏見は首を伸ばして周平の手元を覗き込んできた。

「何か買ってきたんですか？」

カレーに気をとられて隠すのを忘れていた紙袋を指摘され、周平は慌ててそれを体の脇に押しやる。

「うん、ちょっと……電球をね！　僕の部屋、電気が切れかけてたから……」

「そうなんですか？　じゃあ俺、つけ替えますよ？」

しまった、と周平は表情を凍りつかせる。電球なんて言うんじゃなかった。周平が高い所に手を伸ばそうとすると、危ないとかなんとか言って必ず伏見は横から手を出してくる。

周平は一瞬言葉を詰まらせたものの、覚悟を決めて小さく頷いた。

「じゃあ、食事の後にお願いしようかな」

食事の後、お茶でも飲みながらプレゼントは渡すことにしよう。伏見の誕生日は来月だし、実は正確な日にちを知らないからまだ大分早いかもしれないが、こうして一緒に生活する時間自体もう残り少ないのだ。

（寮が空いたことも、そのとき言おう……）

プレゼントを用意する高揚感にまぎれてすっかり忘れていたことも思い出し、周平はほんの少し足を引きずるようにして自室に戻った。

伏見が用意してくれたのは、野菜を細かく刻んだキーマカレーだった。ルーは市販のものだが、ローリエやコリアンダーなどの香辛料を使っているおかげか香りも味もかなり本格的だ。随分辛いと思ったら、野菜を炒《いた》めるときに鷹《たか》の爪を入れたらしい。隠し味にはコーヒー牛乳を入れているのだと教えてくれたが、言われなければまるでわからなかった。入れるとこくが出るのだそうだ。

スープはキャベツやニンジンなどを刻み、ベーコンと一緒にコンソメで煮込んだもので、素朴な味がして美味しかった。これらを帰宅してから一時間ほどで作ったのだから、意外と伏見は料理の手際がいいらしい。

「いつもカップラーメンとかコンビニ弁当ばかり食べているから、料理なんてできないのかと思ってた」

カレーを食べながら周平が呟くと、伏見は早々に二杯目の飯を皿に盛りながら苦笑混じりに答えた。

「まともに作れるのはカレーくらいですよ。野菜切って煮込んだらそれで終わりですから」

「じゃあ、煮込み料理は結構作れるってことじゃないか」

「味つけがよくわかりません。カレーはルーを入れればそれで事足りますけど、和食とかはどんな調味料を入れればいいんだかさっぱりで……」

伏見の声に耳を傾けながら、周平はキッチンでカレーをよそう背中を眺める。ひとり暮らしに戻ったら、こうして誰かと食事中に話をすることもないのだろう。伏見と食事をする和やかさを知ってしまった今はそれを想像すると淋しくて、帰った途端テレビをつける伏見の気持ちがようやく少しわかった。

カレー一杯で十分に腹が満ちた周平は、空になった皿を前に頬杖をつく。テレビの内容にはこれといって興味を惹かれず視線を転じると、テーブルの上に見慣れぬ包みを見つけた。テーブルの隅に積み上げられた伏見の私物の後ろにあったそれは、赤い地に金色のストライプが入った美しい包装紙でラッピングされている。なんだろう、とじっと見詰めているとキッチンから伏見が戻ってきて、周平の視線に気づいたのか小箱をテーブルの中央に置いて肩を竦めた。

「これ、取引先の社長にいただいたんです。誕生日プレゼントって……」

「え、よその社長から直々《じきじき》に？　どこの？」

思わず勢い込んで尋ねると、伏見は弱り顔で今日訪問した取引先の名を口にする。どきりとしたのは、その会社の社長が女性であることを周平も知っていたからだ。

「な……中身は？」

「腕時計です。しかも結構いいやつで……」

伏見は心底困った顔でカレーと飯を混ぜている。

「正直、困るんですよね、こういうのもらっても。最初はお断りしたんですけど、どうしても受け取れって言って聞かなくて……明日にでも部長に相談しないと」

見ますか、と伏見が包みを差し出してきて、周平は恐る恐る箱の中を覗き込んだ。

うわ、と周平は気圧《けお》されて声を漏らす。周平はブランドの名前に疎いのでロゴを見ただけでは判断がつかないが、それでも全体に重厚な作りの黒い腕時計が安くない代物だということくらいわかった。

「……君がどこかの社長に口説かれてるって、本当だったんだ」

「別に口説かれてるわけじゃないですけど……そんな噂まで流れてるんですか？」

伏見は笑って受け流すが、こんな高価な物をもらっておいて好意を寄せられていることに気づかないとしたら、伏見はかなりの鈍感だ。

周平はそっと箱の蓋を閉め、ゆるゆると溜息をついた。

（……同じ誕生日プレゼントなのに、雲泥の差だ）

目の前にあるいかにも高級な腕時計と、部屋に隠してある家庭用プラネタリウム。比較したら、おもちゃなんて用意した自分が急に子供っぽくて気恥ずかしくなってきた。

(喜んでくれるかもしれない、なんて……思ったんだけど……)

高価な時計をもらっても伏見はさほど喜んでいないようだ。それどころか面倒臭そうな顔で持て余している。自分が買ってきたプラネタリウムもそんなふうに扱われるのだろうかと思ったら、瞬《またた》く間に伏見にプレゼントを渡す勇気を失った。おもちゃ店を出るとき、あんなにも期待で膨らんでいた気持ちもしおしおとしぼんでいく。

いつまでも手の中の包みを見下ろしていたら、課長、と伏見に声をかけられた。我に返って顔を上げると、伏見が心配顔で周平を見ている。しばしぼんやりしていたようだ。

周平はテーブルの中央に包みを戻し、迷いながら口を開いた。

「伏見君……あのね、今日、総務部に呼び出されたんだ」

伏見はすでに二杯目のカレーをほとんど食べ切っていて、口元を動かしながら周平の言葉を待っている。周平はその表情を注意深く見守りながら言った。

「それで、寮に一室空きができたって……。来月にはもう、入寮できるそうなんだ」

規則正しく咀嚼を繰り返していた伏見の口が止まる。その顔に、軽い驚きが広がった。

周平は息を詰めて伏見の表情の変化を見詰める。伏見は一体、どんな反応をするだろう。

ややあって咀嚼を再開した伏見は、ごくりと喉を上下させると、そうですか、と言った。

「よかったですね、課長」

驚きの後に伏見の顔に浮かんだのは、笑顔だ。

伏見はそれまでと変わらぬペースでスプーンを動かしながら、意外と早く空きが出ましたね、なんて屈託のない口調で言っている。もう少し驚いたり動揺したりするかと思ったのに、まるでそんな気配はないことに逆に周平の方が戸惑った。

「でも、空きができたのは一室だけだから……。君はどうする……?」

「あ、俺は新しいアパートでも探しますから、寮には課長が入ってください」

でも、と往生際の悪い言葉が漏れそうになって周平は唇を噛んだ。

でも、ひとりで使うには大きすぎるこのテーブルはどうなる? 新しい部屋だってまだ決まっていないだろうに。自分がこの部屋を出ていったら伏見はしばらくひとりでここに暮らす気なのか。だったらせめて、新しい部屋が見つかるまでは周平にここにいて欲しいとか、そういうことは思わないのだろうか。

そんな周平の思いも知らず、伏見は穏やかに笑っている。

「引っ越しの手伝いしますね。でもまだそんなに荷物増えてないですよね。来月から入れるってことは、もう今週末には出るんですか? さすがにそんなに早くはないですか」

困った様子もなければ淋しそうな素振りすらせず伏見が何か喋っている。周平は適当に相槌を打ちながら、どんどん自分の心が冷えていくことに困惑した。

本当は、どこかで期待していた。自分がこの部屋を出ていくと言ったとき、伏見が少しぐらい淋しがってくれるのではないかと。それどころかもしかしたら、引き留められるんじゃないかとさえ。

このままでもいいじゃないですか、とさらりと告げられ共同生活が続いていくのではないかと、そんな淡い期待を覚えていた自分に気づいて周平は居心地悪く椅子に座り直す。

だが実際には、伏見は周平が寮に戻ることを喜んでくれる。そのことに安堵する気には不思議となれず、むしろ伏見との共同生活に愛着を感じていたのは自分だけだったのかと、周平は少し淋しい気分になった。

食事を終えてからも、一度落ち込んでしまった周平の気持ちはなかなか浮上しなかった。ただでさえテーブルの上の腕時計に気兼ねしておもちゃのプレゼントなど渡す気になれなかったのに、輪をかけて何か行動を起こす気力が湧いてこない。

いつもなら食後は手早く洗い物を終え風呂掃除に取りかかる周平だが、今日はテーブルに頬杖をついてぼんやりとテレビを観るばかりだ。伏見が気遣って洗い物や風呂掃除をしてくれたが沈んだ顔で礼を述べるのが精一杯で、さすがに具合でも悪いのかと伏見に心配された。

「大丈夫だよ、別にどこも悪くないから」

「でも課長……」

「いいから、今日は伏見君が先に風呂に入ってくれていいよ」

周平がなるべく普段の調子を装って促すと、伏見は気がかりな表情を見せながらも大人しくバスルームへ入っていった。

ひとりになると、周平は力尽きてその場に倒れ込んだ。両手を脇にだらりと垂らし、横顔をテーブルに押しつける。目を閉じると、テレビの音に混じって雨音が聞こえてきた。帰宅したときは小雨だったが、いつの間にか本降りになっていたらしい。

期待を裏切られた気分で、力が出ない。こちらが勝手な期待をかけていただけなのだから誰を責めることもできないのだが、それでもやっぱり気が抜けた。

（……本当に、来月にはこの部屋を出るんだ）

伏見との生活もあと少しで終わる。そのことを、伏見がなんとも思っていないようなのがショックだった。せめてもう少し淋しがってくれるとばかり思っていたのに。

（大体君は、僕のことが好きなんじゃなかったのか……？）

課長のことが好きかもしれない、と確かに日記には書かれていたのに。

（ああ……でも、かもしれない、なんだな……）

好きかもしれない。そうじゃないかもしれない。

あの日記が書かれてから今日までの数日のうちに、伏見の心境に何か変化があったのかもしれない。はたまた最初から、周平が思うような意味の好きではなかったのか。

（……好きってどういう意味だろう）

伏見に正面切って尋ねることはできないから想像するより他はない。だが想像したところで答えなどわかるはずもなく、ただジリジリとした時間ばかりが過ぎる。

しばらくはテーブルに突っ伏して同じような考え事を繰り返していた周平だが、とうとう堪えきれなくなってガバリと身を起こした。

（もう一度、確認しよう）

思い詰めた顔で自身に告げると、周平はテーブルの端に積まれている伏見の私物に手を伸ばした。いつも伏見はここに無造作に日記を置いている。もう一度あの日の文章を読み直せば、伏見がどういう意味で自分を好きだと書いたのかわかるかもしれない。

だが、今日に限ってテーブルの上に日記がない。伏見が部屋に持ち帰ったらしい。

タイミングが悪い、と舌打ちして、周平は苦い顔で逡巡する。テーブルに両手をついて、たっぷり五分は悩んだだろうか。

五分後、周平は良心の呵責《かしやく》を振り切って伏見の部屋の前に立った。

伏見の部屋に足を踏み入れたことは一度もない。伏見がドアを閉め忘れて、ダイニングから中の様子をちらりと見たことはあったが中に入るのは初めてだ。しかも、本人に断りもなく。

周平は伏見の部屋の引き戸に手をかけ、背後の様子を窺う。テレビの音と雨の音に混じって、バスルームからはシャワーの音が聞こえてくる。まだしばらくは出ないだろう。

音を立てぬよう、そろそろと引き戸を引く。自分が最低のことをしている自覚はあった。

他人の部屋に忍び込み、その上日記を盗み読もうとしているのだ。

（でも、もう一度見てしまったし、同じ場所をもう一度確認するだけだから……）

まるで正当性のない言い訳をして、周平は伏見の部屋に身を滑り込ませた。

伏見の部屋にはベッドとローテーブル、衣服がしまってあるのだろうキャビネットと小さな本棚が置かれていた。部屋の奥には、ノートパソコンの載った小さな机が壁にべたづけされている。蓋を閉じたパソコンの上に、見覚えのある黒い手帳があった。

あれだ、と思ったら心拍数が跳ね上がる。周平はもう一度背後を確認してから机の前に立った。とっさに部屋の外へ逃げられるよう、電気はつけないまま手帳に手を伸ばす。

ひどく悪いことをしている自覚があるだけに、心拍数は人生最大値まで急上昇する。耳元に心臓があるようだ。テレビの音が遠ざかる。

震える指先で日記を開いた。ぱらぱらとめくって最近書かれたページを開く。日づけは昨日だ。ざっと目を通してみたが、今日は寒かったとか明日は直行だとか、その程度のことしか書かれていない。その前日には『好きかもしれない』という一文があり、見れば何度でも心臓が高鳴った。けれどその日の日記はそこで終わっていて、好きの意味などどこにも書かれていない。

（好きって……同居人として？　それとも上司として？　それとも——……）

決定的な言葉がないのがもどかしい。緊張しすぎて痺れすら感じ始めた指先をもたもたと動かしページをめくる。

もっと前、もっともっと前。

伏見の気持ちが知りたい。伏見が自分をどう思っているのかが知りたい。

他にも伏見の心の内側がわかるようなことが書かれていないのかと慌ただしくページの上に視線を走らせていたときだった。

「——課長」

背後から聞こえるはずのない声が聞こえて、周平はビクリと肩を跳ね上がらせた。心臓まで一緒に飛び跳ねて気道が塞《ふさ》がれたようになる。

息もできないまま背後を振り返ると、部屋の入口に伏見が立っていた。

伏見は腰にバスタオルを巻いただけで、髪からはまだ水が滴っている。

いつ伏見がバスルームを出たのかまったく気がつかなかった。よほど慌てていたせいか。未だに心音が耳を打つ。それだけでなく、外の雨まで激しさを増しているようだ。テレビの音が聞こえないくらい、屋根を叩《たた》く雨の音は大きくなっていた。

周平は片手に日記を持ったまま、何も言えない。言い訳などする余地もない。

部屋の明かりはつけていないので入口に立つ伏見の顔は逆光になってよく見えなかったが、当然怒っているだろう。表情が見えないのが余計周平の不安を煽る。

伏見は無言のまま部屋に入ってくる。一歩、また一歩と近づいてくる伏見の体がいつもより大きく見えて、周平は無自覚に後ずさりをした。

勝手に部屋に入って、日記まで読んでしまってごめん、本当に申し訳ない、とすぐにでも口に出して謝りたいのに、舌がへばりついたように動かない。そんな言葉で謝ったところで許されるわけもないことは明白だから、いよいよ声は喉の奥へと引っ込んでしまう。

「……下着、忘れたんです。だからこんな格好ですみません」

周平の目の前に立った伏見が、淡々とした声音で言う。感情を窺わせない声は冷たくて、周平はびくりと身を竦ませた。その隙に、伏見が周平の手から日記を奪う。

伏見は周平が開いていたページに視線を落としてから、ぱたりと手帳を閉じた。

「……読んだんですね」

伏見の声は固い。周平はもう顔を上げていられなくなって伏見の爪先に目を落とす。

ごめん、本当にごめん、申し訳ない。同じ言葉ばかりが頭を占めて、現状を説明することもできない。そんな周平に、読んだんでしょう？　と伏見は重ねて尋ねる。黙っているのを許さない無言の圧力に、周平は震える顎を動かして頷いた。

「課長のことが好きかもしれないって書いてある部分も、読みましたか？」

ドキリとして、周平は息を詰まらせる。戦々恐々とした面持ちで視線を上げると、その途中で伏見が囁くような声で言った。

「……どう思いました？」

伏見の声がいつもより甘い気がして、周平の胸に微かな期待が過ぎった。

優しいくらいの伏見の声音に、都合のいい予想が頭をもたげる。もしかしたら、許してもらえるんじゃないか。この状況を上手く切り抜けられるんじゃないか。

それでつい周平は無防備に顔を上げ、その直後、自分の考えの甘さを悟った。

暗がりの中で、伏見はうっすらと笑っていた。親しさの欠片もない、これまでとは別人のような薄情で冷酷な顔つきで。

見たことのない伏見の顔に息を呑んだ周平に、伏見は潜めた声で言った。

「実験です」

微笑んだまま、伏見は日記帳を自分の顔の高さまで掲げてみせる。

「好きって言われたら、本当に好きになりました？」

周平は、伏見を見上げて瞬《まばた》きをする。

何を言われているのかよくわからないが、聞き覚えのある台詞だと思った。どこで耳にしたのだったかと、いつもより格段に鈍い頭で記憶をまさぐり、唐突に給湯室で聞いた部下たちの言葉を思い出した。

好きと言われて初めて自分も相手のことを好きになるのだと言ったのは浅井だ。確かあの場には伏見もいて、浅井たちと入れ替わりに給湯室に入ってきて、女の人って怖いですね、なんて能面のような顔で言っていた。まだ伏見のことをよく知らなかった頃の話だ。

もう一度、瞬きをする。それでようやくあのときの台詞と今の状況が繋がった。

(――……からかわれてたんだ)

目の前に立つ伏見は何も言わない。その顔を見ていられず、周平はゆるゆると床へ視線を落とした。伏見の濡れた肌の上を滴が伝い、外からの雨音が耳を打つ。

(僕が日記を読んだのを知ってて、反応を見てたんだ……)

不思議と腑に落ちた気分になった。考えてみれば私的なことが書かれた日記をあんなにも無防備にテーブルの上に置いていたなんておかしな話だ。

伏見は最初から、自分に見せるために日記をテーブルに置きっぱなしにしていたに違いない。そして周平が気安く日記を読んでしまうように、周平の前でも平気な顔で日記を広げていたのだ。

一瞬でそこまで思考が及び、さすがに考えすぎだと自分を落ち着かせようとしたものの、伏見の「実験」という言葉が頭から離れない。実験なら、それくらいやるんじゃないか。

(じゃあ、好きっていうのも、ただの実験で)

昔の話を聞いてくれたのも、満員電車の中で庇ってくれたのも、カレーを作ってくれたのも、笑いかけてくれたのも。

(――……本心じゃなかったんだ)

ドッと喉の奥から何かが溢れてきそうになって、周平はものも言わぬまま伏見の傍らを走

り抜け、ダイニングへと飛び出した。そのまま自室に駆け込み、部屋の隅にあった会社用の鞄を摑んでまたダイニングに出ると、後ろも振り向かず玄関へ向かう。

幸い伏見が追いかけてくる気配はなく、何も告げずにアパートの外へ飛び出した。外は本降りの雨だったが、傘を取りに戻る勇気などあろうはずもなく、鞄の中の折りたたみ傘を取り出す間さえ惜しくて、そのまま雨の中へと走り出した。

ザァザァと雨が降る。

ジャケットを羽織る余裕もなかった。薄手のワイシャツはあっという間に雨で濡れ、周平の肌に冷たく貼《は》りついてくる。それでも寒いと思うこともなく、周平はひたすら走った。

頭の中にはただ、逃げ出したい、という気持ちしかなかった。

昼休みの会議室。部下たちとの昼食。いつものように誰からともなく席を立ち、周平は給湯室へ向かう。繰り返される日常。これはいつの出来事だったか。

『見て、王子だよ』

誰かがオフィスに入っていく伏見を指差して囁く。周平も首を巡らせるが、その姿はもう廊下にない。無人の廊下を眺めていると、背後から部下たちの囁き声が聞こえてくる。

『王子って背ぇ高いよねー、学生の頃バスケ部だって』

『え、サッカー部でしょ?』

『嘘《うそ》、私剣道部って聞きましたけど』

王子はねぇ、と呆れたような声で言ったのは、誰だったろう。

『王子は相手の好みに合わせて幾らでも嘘つくんだから、どれが本当かなんてわかんないわよ。ときにはスポーツ青年、ときには文学青年って使い分けてるんだから』

(そうか、僕は伏見君のこと、元柔道部の純朴な好青年だって思ってたよ)

どれだけ昔のことかも定かでないが、いつか部下たちと交わした会話を記憶の奥から手繰り寄せながら、意識はゆっくりと浮上した。

夢から覚めた直後だというのに、喉の奥に妙な余韻が残っていた。寝言でも呟いていたのかもしれない。

周平は傾けていたリクライニングシートを起こしてのろのろと身を起こす。場所は二十四時間営業しているマンガ喫茶。腕時計を見ると、そろそろ朝の六時を過ぎる頃だ。

慣れない場所で眠ったから体が痛い。店で借りた毛布を裸の胸に引き寄せ、壁際にかけておいたワイシャツに触れてみる。雨で濡れたシャツは夜のうちにすっかり乾いたようだ。

昨日、雨の中アパートを飛び出した周平は行き場をなくして駅前のマンガ喫茶に飛び込んだ。店でタオルと毛布を借り、濡れた体を乾かしながらぼんやりとパソコンの画面など眺めていたのだが、いつの間にか眠っていたらしい。

夜中に数度、電話とメールの着信があった。どちらも伏見からのものだったが、怖くて周平は電話に出ることができなかった。何回目かのコールを横目に、家を出る前に一言も伏見に謝罪していなかったことを思い出し、怒っているのも当然だと思ったら一層電話に出られなくなって、卑怯《ひきょう》にも携帯の電源を切ってそれっきりだ。

(……伏見君に謝らないと……)

シートの上で膝を抱えて、周平は一晩中電源をつけたままだったパソコンの画面を眺める。たとえ伏見の日記が実験の一環で、そこに書かれた言葉になんの意味もなかったとしても、自分が他人の日記を盗み見たことには変わりない。謝らなければ、と思うのだが、周平の思考はすぐに横道へ逸れてしまう。

(……全部演技だったのかな)

気を抜くと、これまで昼休みにさんざん部下たちから聞かされてきた伏見の噂話が勝手に脳裏で再生される。歯の浮くような甘い台詞を次々吐くとか、真性のドSで好きな子ほど苛《いじ》め抜くとか、狙《ねら》いをつけた相手によって態度や性格まで変えてしまうとか。

(僕の前では学生時代の名残が抜けない、ちょっとがさつな男の子だったけど……)

王子ではなかった。でも優しかった。どうして伏見が自分みたいなつまらないオジサンにちょっかいをかけたのだろうと考えて、また部下たちの言葉を思い出した。

(……初物食いって言ってたっけ)

経験の乏しい相手を翻弄《ほんろう》するのが好きなのだとしたら、自分の性癖をカミングアウトした際、うっかり誰ともつき合ったことがないということまで暴露してしまった周平はいい標的だったのかもしれない。

そうは思いつつ、本当かな、と諦めきれずに繰り返す。この一ヶ月近く生活を共にしてきた伏見の言動すべてが嘘だとは思いたくない。それに、社内に流れている噂の多くは伏見に振られた女性たちが腹いせに流したデマだと伏見は言っていた。

けれどあの言葉すら、自分をたぶらかすための伏見の嘘だった可能性もあるのだ。こうなると、何を心のよりどころにしてどの情報を信じればいいのか判断がつかない。

膝の間に額を押しつけると、また部下たちの言葉が耳を過ぎった。

好きと言われて初めて相手のことを好きになる。あれは本当のことかもしれない。少なくとも、周平は伏見の日記に書かれた『課長のことが好きかもしれない』という文面を読んでから、伏見を急に恋愛対象として意識し始めた。それまでだって伏見に対して好意は抱いていたが、恋愛感情が絡んだのはあのときが初めて——のような気がする。

けれどあの言葉が正しいなら、伏見が本当は自分のことなんて好きでもなんでもなかったのだと気づいた今、自分だって伏見のことをなんとも思わなくなるはずなのに。

なんでだろう、と周平は膝頭に強く額を押しつけた。

（……なんで僕は、僕のことなんて好きでもなんでもない伏見君のことがこんなに頭から離れないんだろう――……？）

頭を冷やすつもりでアパートから飛び出したというのに、伏見と離れたことで余計に伏見のことしか考えられなくなった自分は本当に馬鹿だと、周平は強く膝を抱え込んだ。

周平がマンガ喫茶を出たのは、朝の九時を過ぎた頃だった。当然、定刻には会社に間に合わない。朝一番で会社に連絡を入れ、体調不良のため少し遅れると告げた。

電話を取ったのは浅井で、『やっぱり具合悪かったんですね！　半休と言わず今日一杯休んでくれても構いませんよ！』と言ってくれたが、さすがにそうもいかないのでジャケットだけ取りに部屋へ戻った。個人的な理由で遅刻をしていく時点で社会人失格だ。

とうに始業時間を過ぎているので、部屋に伏見の姿はない。がらんとした部屋を見回して、もうこの場所で以前のように伏見と過ごすことはないのだろうなと周平はぼんやりと思った。自業自得とはいえ気が滅入る。

数時間後には、会社か自宅で嫌でも伏見と顔を合わせることになるだろう。今のうちに気持ちの整理をしておこうと決め、改めて身支度を済ませると周平は会社に向かった。

朝のラッシュ時から外れ、普段とは比較にならないくらい人の少ない電車に乗って会社に到着すると、時刻は昼休みの直前だった。また微妙な時間に着いてしまったな、と思いながら周平がオフィスに足を踏み入れると、何やら室内が騒然としている。

不穏な空気の出所は、まさかの購買部だ。周平を除く部下たちが皆席を立ってがやがやと話し込んでいる。挨拶も忘れ、どうしたの、と声をかけようとした周平だったが途中で足が止まった。購買部の人の輪の中に伏見の姿があったからだ。

「あっ！　課長！」

浅井の強張《こわば》った声がオフィスに響いて、購買部のメンバーがいっせいに部屋の入口に立っていた周平を見た。向けられる視線には当然伏見のものもあり、周平は回れ右して逃げ出したくなるのを必死で堪えて自席へ向かう。途中、待ちきれなくなったように浅井が周平の元へ駆けてきた。

「課長、まずいです、緊急事態発生です」

浅井が潜めた声で口早に周平に告げてくる。周平は一歩足を踏み出すごとに近づいてくる伏見の顔を視界に入れないよう努めながら、何が、と同じく潜めた声で尋ね返した。

「試作機の部品手配が一台丸々漏れてました。納期から逆算すると今月中には部品を集めていないと間に合わないのに、まだ見積もりも終わってません」

途端に周平の顔つきが険しくなる。周平は自分の机にドサリと鞄を置くと、購買部の面々を振り返って低く告げた。

「詳しい状況を説明してくれ」

周平の机の周りに購買部の部下たちが集まる。その中には、なぜか営業の伏見と、技術の森平の姿もあった。さらにその隣に、真っ青な顔をした百瀬が立っている。

事の発端は三十分ほど前、購買部へやってきた森平がいつもの調子で、「例の試作機の部品、どのくらい集まった?」と軽く尋ねてきたのが始まりだ。だが、森平の言う試作機を担当している者が誰もいない。購買申請書のコピーは渡した、原紙もあると森平が言い出して、購買部は騒然となった。やはり誰もそんな申請書を見た者がいないのだ。

どういうことだとざわつく中、手を挙げたのが百瀬だった。それ、私が持ってます、と。

何を間違ってそんなところに申請書があるのだと浅井が詰問したところによると、その機種は発注から納期までの期間が非常に短く、到底対応できないと森平が伏見に泣きついたのが間違いの始まりで、伏見はだったら社長の承認印を待たず購買部に先行発注してもらおうと、直接百瀬に購買申請書を手渡したらしい。

「――……どうして百瀬君に」

周平はドサリと椅子に座り込んで力なく呟く。それに答えたのは伏見だ。

「すみません、ちょうど購買部に百瀬さんしかいなかったもので……」

「そういうときは真っ先に課長に話を通してください！　こういう漏れが起こるから先行発注は正式に認められてないんですよ！」

浅井が声を尖らせるのも無理はない。試作機の時点で納期に間に合わなければ実際の受注

を逃してしまう可能性もある。きつく眉根を寄せて購買申請書に書かれた部品収集予定日を睨んでいると、百瀬が震える声で、すみません、と囁いた。

「皆さん忙しそうだったし、見積もりくらいなら私でもできるかと思って……見積もりが終わったら、報告しようと思ってたんです、けど――……」

実際には他の仕事と両立できず、見積もりもとりきれていない状況らしい。

声に涙のにじむ百瀬を前に、周平はきつく目頭を揉《も》んだ。最近やけに百瀬が憔悴していると思ったのはこのせいか。もっと早く話を聞いてやればよかったと悔やまれる。

そして密かに、伏見の仕事だったからだろうな、とも思った。

伏見の担当する機種は、なんだかんだと購買部の中で取り合いになる。折に触れて伏見と話をする機会が増えるからだ。百瀬などはまだまともに争奪戦に参加できるほど仕事も覚えていないから、伏見に直接仕事を振られて舞い上がってしまったのかもしれない。

（……なんにせよ、大問題だ）

周平は頭の中で部下たちが担当している機種を確認する。今月は量産機だけでなく試作機も多かったので、皆自分の仕事で手一杯だ。

誰にどの仕事を振り分けるべきか、周平は額に掌を当てて考える。その隣では、正規の手順を無視して仕事を振った森下や伏見、百瀬が浅井からきついお説教を食らっている。

購買申請書を睨みながら、周平は両手で顔を覆って突っ伏してしまいたくなった。

（……集中しろ、ここは会社だろう……！）

自分で自分を叱責する。それなのに、目の前に伏見がいると思うともう駄目だ。こんな緊急事態なのに、思考が上手くまとまらない。

浅井のきつい小言の途中で、たまに伏見がこちらを見る。視線を感じるたびに周平は身を硬くする。今は昨日のことを思い出している場合ではないことくらい百も承知しているのに、まったく目の前のことに集中できない。伏見の顔をろくに見ることもできず、無理に目を上げようとしても胸についた傷を無理やりこじ開けられる錯覚に陥って、またすぐ下を向いてしまう。

予想以上に傷ついている自分を自覚したくなくて、周平は浅井が息継ぎをするタイミングで言葉を滑らせた。

「外部委託するしかないだろう」

浅井たち四人が揃ってこちらを向く。中でも伏見の視線をひりひりするほど頬に感じながら、周平は購買申請書を机の上に放り投げた。

「誰も手の空いている人間はいないんだ。時間もないし、今回は委託しよう」

「でも課長、それじゃコストが……」

浅井が控え目に言葉を挟んでくるが、仕方ないよ、と周平は肩を竦めた。

外部委託はその名の通り、見積もりから発注までをすべて外部の会社に委託することだ。

スピード重視となるため、複数の会社に見積もりを依頼して価格を検討するようなことはしないし、そもそも手間賃がかかるのでコストは上がる。

普段の周平なら、滅多なことでは委託などしない。のっぴきならない状況で委託せざるを得なくなったとしても、執拗《しつよう》なくらい検討を繰り返し、最後まで別の方法がないか模索してから委託に踏み切るのだが、今回は違った。

目の前に立っている伏見の視線が痛い。それから逃れたくて、今すぐこの場を収めたくて、周平は緩慢な動作でデスクの上の受話器に手を伸ばす。その手で委託業者に連絡をとろうとしたら、受話器に乗せた周平の手を、一回り大きな手が摑んで止めた。

「待ってください、委託以外の方法はありませんか」

顔を上げると、伏見が強い力で周平の手を握り締めて机に身を乗り出したところだ。間近に秀麗な顔が近づいて、周平は眼鏡の奥で鈍い瞬きをする。頭が上手く回らない。

伏見は周平の目を熱心に覗き込んで、いつになく力のこもった声で続けた。

「課長に報告もせず直接購買申請書を持ち込んだ俺に責任があるのはよくわかっています。でも、委託は待ってもらえませんか、ただでさえ単価が上がりそうなんです、試作の段階で値が上がりすぎると発注自体差し止められるかもしれません」

それに、と言って伏見は周平から目を逸らす。反対に、周平の手を摑む指先に力がこもる。

俺が言えることじゃないのはわかってますけど、と、伏見は苦々しく告げた。

「そんな、捨て鉢になった顔、しないでください……。会社の金も自分の金も、等しく大事に扱う課長が、俺は好きなんです」

多分、潜められた声は周平以外の誰にも聞こえなかっただろう。周平は伏見に手首を掴まれたまま、もう一度ゆっくりと瞬きをした。

伏見にまつわる黒い噂は多い。

秘書課の子は全員手をつけられているとか、どこかの女社長に熱烈に口説かれているとか、初心な相手をあの手この手で落とすのが好きとか、相手によって性格まで変えるとか。

でも。

(——……君はいい男だね)

険しい顔で、周平に頭を下げる格好で視線を落とし続ける伏見を見上げて周平は思う。

たとえ伏見の手の内が相手にばれていようと、その相手が自分の日記を盗み読んでいようとも、伏見はこうして上手に相手の心をくすぐってその気にさせてしまう。

周平は目を閉じて、大きく息を吸い込んだ。最後まで無駄な抵抗を繰り返していたが、そろそろ限界のようだ。必死で目を背けようとしていた本心と、ようやく周平は向かい合う。

(……僕も、伏見君のことが好きだ)

好きだと思う。多分、伏見が日記に自分のことを好きかもしれないと書く以前から。一緒に暮らすようになってからすぐ。それどころか脳内彼氏なんかに伏見を仕立て上げたそのと

きから、すでに気になっていたのかもしれない。

自覚しないよう目を逸らしてきただけで、先に好きになったのはきっと自分の方だ。

「わかった」

周平は目を開ける。

迷いや傷心を自分の外に蹴《け》り出して、一直線に伏見を見上げた。

好きだという伏見の言葉に意味はない。共同生活は実験でしかなかった。それでも。

（最後に君に、乗せられてあげよう）

視線がかち合った瞬間、伏見が火に触れたような顔で周平の手から指を離した。同時に周平は立ち上がり、百瀬に向かって購買申請書を突きつける。

「百瀬さん、今すぐ購買部の人数分コピーとってきて。それから見積もりも、とれてる分だけ持ってきて。他の皆もちょっと集まってくれるかな」

百瀬が慌ててコピー機へ駆けていく。他のメンバーも周平の机の周りに集まってきて、周平は百瀬が持ってきた部品表をざっと読み下した。

資料に視線を落としたまま机の上の蛍光ペンを手にした周平は、幾つかの部品に手早くラインを引くと、机の前に並んでいた部下のひとりにそれを手渡す。

「これと、これ。あとこの辺の部品は多分工場に在庫がある。伊藤《いとう》さん、すぐ工場に連絡して在庫があるか確認して。もし全部他の機種に引き当てがかかってたら、近々の納期じゃない限りこっちの試作機に回してもらって、使った分だけすぐに最短納期で発注かけて」

周平の指示に、入社二年目の伊藤は特に質問を挟むこともなく、はい、ときびきびした返事をして席に戻った。周平は百瀬がコピーしてきた新しい部品表にもラインを引く。

「この辺のLF抵抗はほとんど工場にある。日吉《ひよし》さん、抵抗値確認してすぐ出庫依頼お願いします。在庫数の調整も一緒に。あと、森平さん」

周平の席の近くでぼんやりと購買部のやり取りを眺めていた技術部の森平は、いきなり名指しされ、はい！ と直立不動の態勢をとった。

「LF抵抗の定格電力、部品表は八分の一になってますが、四分の一が混在しても問題ありませんか」

「う、うん……試作だから、いいかな。本作では統一して欲しいけど」

「わかりました。じゃあ日吉さん、四分の一も含めて在庫確認して。なければすぐ発注」

はい！ と日吉も力強く返事をして席へと戻る。周平は部品表にラインを引きながら、次々と部下たちに指示を飛ばした。

「チップ抵抗も在庫見て。なかったらそっちは試作用にサンプルもらうように。リールで買うと一万個単位で届くからね。サンプル依頼書発行してファックス送って、最短で手配するようすぐに電話でフォローしておいて」

「わかりました！」

「この辺の部品は百瀬さんが見積もりをとってくれてるから、すぐに手配していいよ。一応価格確認してね。あんまり高いようならすぐに再見積もりを」

「了解です！」

淀んでいた水が一気に下流へ流れ込むように勢いよく動き出した購買部を、森平と百瀬、それから伏見が驚いたような顔で見ている。だが調子がよかったのはそこまでで、周平は浅井と一緒に部品表を眺めながら渋い顔をした。

「問題は、ダイオードとコンデンサですね。……どっちも納期のかかるメーカーですよ」

浅井が溜息混じりに呟く横で、周平は口の中で何度もダイオードの型名を繰り返した。それに気づいた浅井に、どうしました？　と声をかけられ、周平は部品表から顔を上げる。

「このダイオードの型名、見覚えがある」

言うが早いか周平は自分の机を離れ、振り向きざま浅井に指示を飛ばした。

「とりあえずコンデンサの在庫がないか片っ端から業者に確認して。前に教えた海外の通販サイトも一応見ておいてくれるかな」

わかりました、と答える浅井の声を背に廊下へ出た周平が向かったのは技術室だ。

昼休み間際の技術室に、ほとんど扉を蹴破る勢いで飛び込んだ周平は、一直線に部屋の奥にいた男性社員の元へ向かう。

「鈴本《すずもと》さん、この前試作で買った部品、余りが出ませんでした？」

鈴本と呼ばれた男性は、パソコンに向けていた顔を上げて周平を見上げると、どことなく眩しそうな瞬きをする。その目の前に、周平は赤で印を打った部品表を突きつけた。

「このダイオード、至急必要なんです。先日鈴本さんが担当した試作機に、この部品があったと思うんですけど。しかも必要数より少し多目に発注してましたよね」

「いやぁ……あったかなぁ……」

鈴本は煮えきらない返事をするが、明らかに視線が泳いでいる。周平は鈴本に断りを入れるより早く、机の引き出しを勢いよく開けて中を覗き込んだ。

「ああ！　そんな勝手に……！」

「鈴本さんがさっさと出さないからでしょう！　手持ち在庫は認めませんよ！　越冬前のリスじゃあるまいしなんでもかんでも溜め込んで、今すぐ出してください！」

「だって急に必要になるかもしれないから――……！」

「そのときはまた改めて買ってあげます！　大体残部材はすべて工場で管理する決まりでしょう！　規則を無視するつもりですか！」

技術部の部屋でギャアギャアと言い争いを繰り返し、とうとう周平は鈴本の机の中から目当てのダイオードを探り当てる。振り返ると部屋の入口に、呆気にとられた顔の森平と伏見がいて、周平は手にしたダイオードを掲げてみせた。

「ありましたよ！　森平さん確認してください！」

「あ、ああ……うん、そう、これこれ！」

よし！　と一声上げて周平は再び廊下に出ると購買部へ戻る。いつの間にか昼休みに入っていたようで廊下には弁当の匂いが漂い始めていたが、購買部のメンバーは皆まだパソコンの前にかじりついたままだった。

「皆続きは昼休みの後でいいよ！　浅井さん、ダイオードは確保した。コンデンサは？」

「きついです。一応現物を持ってる会社は見つけたんですけど、他の客先に出す分だそうで……なんとか融通してもらえないか交渉してはいるんですけど」

「いや、現物のありかがわかっただけでも十分。さすが浅井さん」

周平は腕時計に視線を落とす。相手の会社ももう昼休みに入っているだろうし、電話での連絡はつかないだろう。

「午後一で僕が連絡をとってみる。どうしても無理そうなら、直接相手先に行ってみる」

「だったら俺も行きます」

急に誰かの声が割り込んできて、振り返ると伏見がいた。さっきからずっと周平の後をついて回っていたらしい。硬い表情でこちらを見る伏見は、今回の件の責任を感じているのだろう。どうあっても引きそうにないその顔を見て、周平はわずかに頷いた。

「わかった。一緒に来てくれ」

周平の目を見据えたまま、はい、と伏見は腹の底から響くような声で返事をした。

昼休みの後、午後一で周平はコンデンサを持っている会社の担当者に電話をかけた。予想通りなかなか話は進まず、さすがに無理です、そこをなんとか、の押し問答を繰り返し、無理を通して直接先方に訪ねていくところまでこぎつけるのに一時間。先方には伏見も一緒についてきて、重苦しい雰囲気の漂う会議室で粘りに粘ること三時間。数量が少なかったこともあり、なんとか必要数だけ融通してもらうことができたときにはとっぷり日が暮れていた。

先方を出てすぐ浅井に電話をして結果を告げると、受話器の向こうから購買部員たちの拍手が上がった。他の部品もほぼ問題なく集まりそうだとの報告に胸を撫で下ろす。

誰かひとりに百瀬の仕事を引き継がせることはせず、購買部全員で仕事を分担したのが功を奏したようだ。おかげで部下たちには自分の仕事を後回しにさせることになってしまったが、この分の遅れは今週中にリカバーできるよう全力でフォローするつもりだ。

定時を過ぎている上に周平たちのいる場所から会社までは結構な時間がかかるため、今日のところはこのまま帰ると浅井に告げて周平は電話を切った。

「……課長、ありがとうございました」

携帯をたたむと、斜め後ろから伏見の神妙な声がした。振り返ると、立ち止まった伏見が周平に向かって深く頭を下げている。

右手に線路、左手に団地が並ぶ人通りの少ない夜道とはいえ、公道の真ん中で頭を下げられた周平は慌てて伏見の肩を叩いた。

「いいよ、こっちこそ今日は伏見君が一緒に来てくれてよかった。僕ひとりだったら話がまとまらなかったかもしれない」

お世辞でもなんでもなく、本心から周平はそう口にする。

さすが、営業部で鍛えられている人間は交渉術のレベルが違うと感心した。穏やかに笑って、気持ちのいい声で要求を述べて、申し訳なさそうに頭を下げ、親し気に笑ったと思ったらふいに深刻な顔で黙り込む。かと思うと今後の発注状況なども交えた駆け引きなどが始まってしまい、最終的に周平はほとんどのやり取りを伏見に任せてしまっていた。

今日の功労者は間違いなく伏見なのに、顔を上げた伏見の表情は晴れない。

「元はといえば、俺が勝手に申請書を購買部に持っていって、課長に報告をしなかったのが原因ですから……」

「それはまあ、次回からルールを徹底してくれればいいよ。今度の営業会議ででも議題に上げておいてくれるとありがたいかな。とりあえず、今回は工場の工程を調整してもらえばなんとか納期にも間に合いそうだし」

「……余計な手間ばかりかけさせてしまって、申し訳ありません」

もう一度伏見が深く頭を下げようとして、周平は慌ててそれを押しとどめた。伏見を見ていると勝手に眉が下がってしまい、周平はゆっくりと伏見から顔を背けた。

「いいんだ、僕も……君に謝らないといけないし……」

仕事とプライベートを混同するのはどうかと思うが、今日周平が必死で走り回った裏には、伏見に対する後ろめたさも確かにあった。

周平は外灯もまばらな人通りの少ない道で、伏見の数歩前を歩きながら口火を切った。

「……最初に謝らないといけなかった。君の日記を勝手に読んで、本当にごめん」

あまり本数が多くないのか、右手に走る線路の向こうからは電車がやってくる気配もなく、夜道に響く二人分の足音がやけに耳につく。同じ歩調で後ろをついてくる伏見の気配を感じつつ、周平は軽く喉を上下させた。喉の奥から鋭い角のあるものが迫り上がってくるようで、痛くて口を噤んでしまいそうになるのを必死で耐える。

「か、勝手に部屋に入り込んだり、日記を盗み読んだりするような相手とは、もう一緒に暮らせないだろう？　だから、総務部の部長にはすぐ引っ越すよう伝えておくよ。もしも君も寮に入りたいなら、僕があの部屋に残ってても構わないから」

カツカツと革靴が地面を叩く音が響く。伏見は確かに後ろをついてきているのに何も言わない。沈黙が続くと、いつ伏見から冷淡な罵《のの》りの言葉が飛んでくるか怖くなって、周平は意味もなく言葉を重ねた。

「ごめん、最低のことをした。君は実験のつもりだったのかもしれないけど、でもやっぱり、他人の日記を読むなんて最低だ。……だけど、勝手に君の部屋に入ったのは昨日が初めてで、日記以外のものには何も触ってないし、だから」

「課長」

それまで黙り込んでいた伏見が声を上げ、唐突に後ろからついてきていた足音が止まった。周平もそれに引きずられるように立ち止まる。前方に続く夜道には人の姿も車の明かりもなく、足音が消えると途端になんの音もしなくなる。

団地と団地の間に植えられた木々が揺れ、ようやく何かの音を耳が捉《とら》えたと思ったら、背後から押し殺したような伏見の声が聞こえてきた。

「……なんで信じてるんですか、実験なんて……。俺、どれだけ非道な人間だと思われてんですか——……」

伏見の声の端々に、激しい感情が見え隠れする。けれどそれが、どんな種類のものかわからない。振り返るのが怖い。だが確かめないわけにもいかない。周平は、恐る恐る背後の伏見に体を向ける。

周平から顔を背けるように、俯き気味に横を向いた伏見の顔は陰って見えない。けれど、わずかに見えた伏見の耳は、暗がりでもわかるくらいはっきりと赤く染まっていた。

「——……そんなわけないじゃないですか」

周平は伏見に半身を向けたまま何度も瞬きをする。

そんなわけがないのなら一体なんだ。想像もつかず周平はさんざん迷って躊躇してから、おずおずと口を開いた。

「でも、君は実験だって……」

「だから、そんなの嘘です……」

「……どうしてそんな嘘を」

互いにぼそぼそと質疑応答を繰り返していると、伏見が片手で顔を覆った。

「だって課長、前に俺のこと好きなのか聞いたら、全力で否定したじゃないですか。だから俺、全然課長の趣味じゃないんだと思って――……」

周平は軽く目を瞠る。こんなに薄暗い夜道なのに、伏見の耳の赤さは隠しようがない。

頭で理解するより早く、心臓が跳ね上がった。

まさか、と否定しようとしたら、伏見が俯いたまま唸るような声を出した。

「……普通ごまかします。こっちのことなんてなんとも思ってない相手に、好きかもしれないって思ってるのがばれたら」

伏見の耳の赤さが伝染したように、周平の耳もカッと赤くなった。てっきり伏見には罵倒《ばとう》されるものだとばかり思っていたのに、この展開は一体なんだ。わけもわからず、周平は正面から伏見と向かい合う。

「いや、別に、君のことが趣味じゃないとかそういうことじゃなくて、ただあれは、君を安心させようと思って言っただけで――……」

伏見にカミングアウトをした日、好きかと問われて力強く否定したのは伏見に妙な不安を抱かせたくなかったからだ。だから、と続けようとしたら伏見が顔を上げた。

驚いたような表情と真正面から視線を合わせ、周平は耳だけでなく顔中が熱くなるのを自覚して視線を泳がせる。今の台詞、君が好きだと白状したことにはならないだろうか。

「……き、君は、でも……好き、かもしれない、なんだろう……？」

あらぬ方向へ目を向けながら周平が尋ねると、伏見が一歩前に足を踏み出した。まだ互いの間には一メートルほどの距離があるのに、たった一歩に喉が鳴るほど体が反応する。

「……そうです、好きかもしれないって、でもよくわからないって思ってました」

先程よりいくらかしっかりした伏見の声音に、ああやっぱり、と周平は思う。

想いは確定ではないのだ。きっとまだ伏見は迷っている。でも、自分なんかに伏見ほどの男がよろめいてくれたのなら、それだけでも一生自慢できることかもしれない。

すでに自分を慰める態勢に入っていた周平に、伏見はさらに続ける。

「俺、今まで女の人しか好きになったことはなかったし、男同士ってどんな感じなのか想像がつかなかったし、わからないと思ってたんです。……ついさっきまで」

ドキリと周平の心臓が音を立てる。ということは、伏見はもう何某かの答えを出したのか。

聞きたいような、絶対聞きたくないような。いっそ耳を塞いでこの場から逃げ出したいような。後ろ向きな気分で周平が黙り込んでいると、唐突に会話の内容が飛んだ。

「昨日課長が会社帰りに買ってきたの、プラネタリウムですよね」

不意打ちじみた話題転換に周平は顎を撥ね上げる。正面には怖いくらい真剣な表情の伏見がいて、その場を取り繕う言葉も引っ込んだ。

「課長が部屋を出ていった後、何かしてないと落ち着かなくて……課長の部屋、電球が切れてるって言ってたからつけ替えておこうと思って……。すみません、俺も勝手に課長の部屋に入りました」

伏見の顔に一瞬後ろめたい表情が過ぎって、それが勝手に日記を見られたことに対する仕返しだったのだろうことは周平にもわかった。随分と可愛い仕返しではあるが。

「それで紙袋の中を見たら、レシートも一緒に入ってて……あれ、俺に買ってくれたんですよね？　誕生日来月だって、覚えててくれたんですよね？」

周平は弱々しく口を開いたものの、結局何も言えずにまた口を閉じた。レシートには商品名が記されていただろうし、包装紙にプリントされていたのは「happy birthday」の文字だ。ごまかしようがない。

言葉もなく周平が頷くと、伏見は一気に周平との距離を詰め、周平の手首を強く摑んだ。

夜風に晒されていたからか、それとも緊張のためか、伏見の指先は冷たかった。その指に強く手首を捉われ周平は息が止まりそうになる。伏見は深く俯いて表情がよくわからない。

声のかけようもなく黙り込んでいると、自分の心臓の音ばかりが耳についた。

「……あれを見たときに、もう駄目だと思ったんです」

俯いて、伏見は押し殺したような声で言う。

「百円ショップでカップひとつ買うのも渋るくらいの課長が、俺のためにあんなもの買ってくれたんだと思ったら、たまらない気分になったんです。どんな顔して財布開いてくれたんだろうって考えたら、もう——……」

値札を見て眉を顰めたところから、棚の前で長時間逡巡したこと、レジで伏見の喜ぶ顔を想像してほくほくと財布を開いたことまで全部ばれているようで、周平の頭に血が上る。昼ばかりぱくぱくと動かす周平には気づかず、伏見は周平の左手を摑む指先に力を込めた。

「すぐにでも話がしたくて携帯に連絡を入れても全然繋がらなくて、会社で会えたらまず話をしようと思ったのに、こんなことになって……。でも、購買部でガンガン仕事振ってた課長、格好よかったです」

「な、何をそんな——……」

「格好よかったんです。この人こんなに部下に信頼されてるのかと思いました。急に仕事振っても誰も文句言わないし。部品の知識とか工場の部材状況とかも全部わかってて、俺、購買部で仕事してる課長をまともに見たのは初めてだったから、こんなに頼りになる人だったんだって、本当に格好いいと思って……」

　手放しに伏見に褒められ、周平はどこを見ていればいいのかわからなくなる。自分なんて童顔で小柄なオジサンで、部内の部下たちには後輩か弟のように扱われてばかりだし、格好いいところなんてちっともないはずなのに。

　弱り切って、言いすぎだ、と周平は呟く。泣き声みたいに掠れたその声に、伏見は小さく頷いた。

「格好いいと思ってたら、今度は急にそういう声を出すから……。さっき、もう一緒に暮らせないだろうって言ったとき、声も震えて、泣きそうな顔で言うから――……」

　声を吐息で押し潰すように長い息を吐いて、伏見はジワリと指先に力を込める。そのままどこか深いところに引きずり込まれそうだと思ったとき、伏見が息継ぎでもするように空を仰いで大きく息を吸った。

「今度こそ本当にもう駄目だと思ったんです、駄目だ、もう、本当に――」

　多分、それが最後の抵抗だったのだろう。

　喉《のぞ》を仰け反らせて空を見上げていた伏見が正面に顔を向ける。

「俺やっぱり、課長のこと好きです」

　伏見の言葉と共に周囲に風が巻き起こる。風圧で体がよろけそうになり、繋がったままだった伏見の手に引っ張られた。眩しい光が視界を過ぎり、傍らの線路を電車が通り過ぎていったのだと理解したのはしばらく時間が経ってからだ。電車が近づいてくるのにも気づかなかったとは、自分がどれだけ伏見だけに神経を集中させていたのか思い知る。

電車が通り過ぎても、伏見はジッとこちらを見て動かなかった。周平の手首を摑んだ手も緩まない。眼差しは真剣で、周平は視線をずらすこともできずに呆然と口を開く。

「……本当に、実験じゃなく……？」

「違います。絶対に違います」

「でも、君は日記をダイニングで書いて、わざと僕に見せようとしてたんじゃ……」

周平はまだ信じられない。自分なんて一生恋人もできずに過ごすのだとばかり思っていたのに、初めての相手が伏見みたいな見栄えのいい、しかもこれまで女性としかつき合ったことのない至ってノーマルな男とくれば信じられるわけがない。

伏見は短く黙り込んでから、眼鏡、と呟いた。

「……課長、いつも風呂上がりは眼鏡外してるじゃないですか。俺、それが伊達眼鏡だなんて思ってなくて、裸眼だったら何も見えないかと思って課長の前でも平気で日記なんて書いてたんです。わかってたら、最初から部屋で書いてました」

周平は喉の奥から短い声を漏らす。言われてみれば、伏見がダイニングで日記を書く姿を見かけたのはいつも周平が風呂から上がった直後だった気がする。

本当に見せる気なんてなかったんだとわかり、周平はいっぺんに顔色を失った。

「ご、ごめん、てっきり君はそういうの気にしないのかと思って……ダイニングで君が寝てたとき、偶然日記が落ちて、いつも僕の目の前で日記を書いていたから、もしかしたら大したこと書いてないのかって、酔いに任せて、つい……」

「いいです、それは。あんな場所に日記なんて置いていた俺も悪いんですから」

それより、と伏見がさらに周平に近づいてくる。もう、互いの靴の先が触れ合うくらいの近さだ。

「課長は、俺のことどう思ってるんですか」

伏見の体が近づいて、息が止まりそうになった。体が逃げそうになると、左手を摑む伏見の指先に力がこもる。往生際悪く信じられないと逃げようとしたら、斜め上から自分を見下ろす伏見の熱っぽい視線とぶつかった。

それを見て、こんな感じか、と周平は思う。

伏見が言っていた、もう駄目だってこういう感じか。

「…………僕も」

伏見が食い入るような目でこちらを見ている。王子と呼ばれるにはいささか動物的すぎる顔で。でもその顔を、どの瞬間より一番男前だと周平は思った。

「僕も、君が好きだ…………」

傍らを電車が通過していたら確実に伏見の耳には届かなかっただろう弱い声で、周平は生まれて初めて誰かに自身の恋心を打ち明ける。

次の瞬間、伏見が声を上げて笑い出してもいいと思った。冗談ですよ、と吐き捨てるように言って、そんなわけないでしょう、と軽蔑した目を向けてきても、構わないと思った。満々と水を湛《たた》えた甕《かめ》に最後の一滴を落としたように、想いは身の内から溢れ出し、言葉となって唇からこぼれ落ちてしまった。

隠していた本心をすべて伏見の前に晒した気分で、周平はぼんやりとその顔を見上げる。予想に反して伏見は笑わなかったし、軽蔑もしなかった。代わりにこんなことを言った。

「……外で告白なんてするんじゃなかった」

周平の左手首を摑む指先に痛いほど力がこもる。一瞬不安が胸を過ぎって、どうして、と尋ねようとしたら、伏見がまたしても深く俯いた。

「部屋に戻ったらキスしてもいいですか」

口早に告げる伏見の耳は、相変わらず赤い。

自分の耳も同等か、きっとそれ以上に赤いのだろうと、周平も頷く代わりに俯いた。

きっかけは本当に些細なものだったのだと、アパートに帰る道すがら伏見は淡々と語った。互いにもう手は繋いでいなくて、伏見はいつもの表情に乏しい顔だったけれど、見上げると耳元だけがうっすら赤くて、周平は素直に伏見の言葉に耳を傾けた。

発端はやはり、周平のカミングアウトだったそうだ。周平にとって現状は異性と暮らしているようなものなのだとわかったとき、だったらこちらも態度を変えなければいけないなと漠然と思った辺りから風向きが変わってきた。

伏見はてっとり早く、もしも周平が女性だったら、と思うことにしたらしい。相手が女性なら、当然素っ裸で風呂から出てくるのは控えるべきだ。洗濯物も別々にした方がいいだろうし、気安く回し飲みなんてするのもいけない。無闇に近づいたりしてもいけない気がするが、だからといって露骨に避けたら相手が傷つくから、適度な距離を保たなければ。

そういった女性に対するようなさり気ない気遣いを続けていくうちに、女性を見るのと同じ目で周平を見ている自分に気がついた。周平に対する態度も勝手に、女性に対するそれのように変化していく。

重いものを持っていたら代わってやる、高い所に手を伸ばしていたら手を貸してやる。周平に、自分は内面が女性的なわけではないからと断られても、つい体が動いた。

周平が自分より小柄だからだろうか。それとも姉たちに叩き込まれた教育には抗《あらが》えないのか。考えてみたがどちらもしっくりせず、ただ周平を見ていると勝手に体が動いた。

周平の子供の頃の話を聞いた後は、その過去を知るのは自分だけなのだろうかと考え込んでしまい、やたらと胸が騒いだ。自分だけに打ち明けてくれたのならいいと密かに願い、こんなことを思うなんてまるで相手のことが好きで独占したいみたいじゃないかと思ったそのときにはもう、とっくに好きになっていたのだと思う。

乗り慣れないローカル線の電車を降り、最寄駅からアパートへ向かう夜道で、伏見はそんなことを飾り気のない言葉で周平に伝えてきた。

周平は短い相槌を打ちながら、僕も、と胸の中で繰り返し、でも結局何ひとつ言葉にすることはできなかった。自分も同じように緩やかに伏見を好きになっていったのだけれど、上手く言葉で伝えられる自信がなかった。

言葉を探しているうちにアパートに到着して、鍵を開けた周平が先に部屋に入ると、玄関先でまだ靴も脱がぬうちに後ろから伏見に抱きしめられた。

「……っ」

心許《こころもと》ない声が漏れそうになって慌てて唇を噛む。背中を伏見の大きな体に包み込まれ、心拍数が急上昇した。胸の前で交差する伏見の腕の下で心臓が大暴れする。

後ろから全力で自分を抱きしめてくる伏見に、どうやって応えればいいのかわからない。頭の中からすっかり言葉が吹き飛んだ状態で身じろぎすると伏見の腕が緩んで、代わりに両肩を摑まれ体を反転させられた。

向かい合って見上げた伏見の顔は、真剣さと照れ臭さが混じったような不思議な表情だ。瞳は真っ直ぐだが眉尻や唇の端が少し歪《ゆが》んでいて、緊張しているのは伏見も一緒らしい。

(伏見君なんて、もう何人もの女性とつき合ってきたはずなのに――……)

やっぱり最初の一歩を踏み出すときは何度でも緊張の極みに立たされ、胸の疼《うず》くような面映ゆい想いに身を晒されるものなのだろうか。

恋愛経験のない自分にはわかるはずもない。声も出せずにただただ伏見を見上げていると、伏見の右手に頬を包み込まれた。

乾いた指先で周平の頬を撫でた伏見が、わずかに身を屈める。

途端に線路脇で聞いた「部屋に戻ったらキスしてもいいですか」という伏見の言葉を思い出し、周平は身を硬くする。確認はおろか、腹も決まらぬうちに唇に吐息がかかった。

「ふ……伏見、く――……」

声は伏見の唇に飲み込まれる。

周平は目を閉じるのも忘れて間近に迫った伏見の目元を凝視した。伏見は睫が長い、肌の肌理《きめ》が細かい、目を閉じていても整った造作がわかる。でも、目元が赤い、息遣いが荒い。

自分なんて相手にしているのに息を弾ませる伏見に、周平は膝から崩れ落ちてしまいそうになる。実際足元をふらつかせると、空いていた方の手で伏見が周平の腰をグッと抱き寄せてきた。互いの体が密着して、周平は伏見と唇を合わせたまま小さく息を呑む。

ほとんど体は動いていないのに、ジェットコースターにでも乗っている気分だ。次に伏見がどう動くのか想像もつかない。

触れ合わせていた唇を離すと、伏見は周平を抱き寄せたまま、密やかに囁いた。

「課長……眼鏡、外してもいいですか」

唇に伏見の吐息がかかって、周平は体の脇に垂らした手をぎゅっと握り締める。伏見の顔も体も近すぎて、息が止まりそうだ。こちらを見下ろしてくる伏見の艶を帯びた目を見ていられず、周平は掠れた声を上げた。

「か、構わない、けど……こんなときまで、か、課長っていうのは……」

伏見ばかり余裕があるようで決まりが悪く、何か言わねばと必死で周平が呟くと、眼鏡に指を伸ばしかけていた伏見の動きが止まった。

「じゃあ、室木さん……？」

「い、色気がないね……」

乾いた声で無理やり笑ってみる。心臓の鼓動が激しすぎて下手をすると声が震えてしまいそうだ。それでも余裕のある振りをしたいのは年上の面子《メンツ》があるからか。はたまた自分より断然経験豊富だろう伏見と少しでも肩を並べたいからか。自分でも明確な答えを出せないでいると、伏見が真顔で周平に顔を寄せてきた。

ジェットコースターがカタカタと最高地点へ上っていくのを待つ気分で周平が身を強張らせると、互いの鼻先が触れ合う距離で伏見は小さく息を吸い込んだ。

「だったら……しゅ、……しゅう………。――……周平さん」

柔らかく吐息の混ざる声で囁かれ、耳から溶けるようだと思ったときには再び唇を塞がれていた。無防備に開いていた唇の隙間に伏見の舌先が忍び込み、肉厚な舌にぞろりと口内を

探られて背筋が粟立《あわだ》つ。

「ん……う……」

頬を包んでいた伏見の手が周平の頭の後ろに回され、前より深く舌が入り込んでくる。戸惑う舌を搦《から》め捕《と》られ、少しでも反応した場所はしつこいくらい舐め回され、玄関先に濡れて弾んだ息遣いが響いた。

思いがけず激しいキスに呼吸まで呑み込まれそうになって、息苦しさに伏見の腕を引っかくとようやく唇が離れた。

見上げた先にある伏見の濡れた唇を見ていられず、周平は深く俯き、ずるい、とこぼす。

「……ずるいって、何がです」

「だって、君、会社で自分がなんて呼ばれてるか知ってるだろう、王子だよ、王子……！普段から女の子のあしらいは上手いし、今までつき合った人数だって星の数ほどいるだろうに、なんで僕の名前を呼ぶくらいで、そんな――……」

周平さん、と呼びかける直前の伏見の顔を思い出し、周平はますます深く俯く。

傷つきやすいガラス玉でも掌で掬い上げるように、おっかなびっくり口にされた名前。緊張した面持ちで何度か唇を上下させ、喉の奥から声を押し出した瞬間は耳の端まで赤くなっていた。

あの伏見が、自分の名前を呼ぶだけでそんな反応を見せるなんて。

無様なくらい舞い上がってしまいそうだ。地に足がついている気がしない。今にもじたばたと伏見の腕の中で暴れ出しそうな体を、伏見が両腕で強く抱き竦めてくる。

「俺、確かに上に三人も姉がいましたから女の人の扱いには慣れてるかもしれませんけど、つき合った人数が星の数ほどっていうのは言いすぎですし、それに」

口早に告げた伏見は急に言い淀んで、背中を丸めて周平の肩口に額を押しつけてきた。

「……俺のどの辺が王子なんだか知りませんけど……でも好きな人の前に立ったら、俺だってその辺にいる、普通の男と一緒です——……」

どこか不貞腐《ふてくさ》れたような口調は確かに王子らしくなく、でも膝が折れるくらい魅力的で、やっぱり何もかも作戦なんじゃないかと思いながら周平は伏見の胸に凭れかかった。もうこれ以上、伏見に抗える気がしない。

体の力を抜いて身を任せてしまうと、やはり伏見は慣れていて、そのまますするすると流れるように伏見の部屋まで連れていかれてしまった。

部屋の明かりもつけないままスーツのジャケットを剝ぎ取られ、ベッドの上に押し倒される。中途半端に開いたカーテンの隙間から射す外灯の光が互いの顔を朧《おぼろ》に照らす。

無言でジャケットを脱いで周平にのしかかってきた伏見は周平のネクタイに指をかけようとして、戸惑いのにじむ周平の表情に気づいたのか手を止めた。

「あの……これ以上は、駄目な感じですか」

「い、いや……駄目じゃない、というか……」

先を促すような台詞に自分で照れる。

これまで誰ともつき合ったことがないとはいえ、周平だって人並みに性欲はある。セックスに対する興味だってある。社会人になってゲイバーに行こうと決意したときは、男同士のセックスについて自力で情報収集もした。

何より、もっと伏見に触れてみたいとも思う。けれど。

「僕は、こういう経験は全然なくて、どうしたらいいかよく、わからないから——……」

恥を忍んで周平が事実を告げると、伏見の大きな手に髪を撫でられた。

「だったら、できるところまでとか……どうですか」

暗がりの中、間近から熱っぽく瞳を覗き込まれ、周平は操られるように小さく頷いた。何がどこまでできるのだかさっぱりわからなくても、伏見が求めてくれるなら、応えたい。

闇の中、伏見の唇がゆっくりと重なってくる。緊張のため無意識に固く引き結んでいた周平の唇を伏見が舌先で舐めてきて、おずおずと口を開くと待っていたように口内に舌が忍び込んだ。

「ん…っ…」

喉の奥を突くほど深く舌が押し入ってきて、周平の舌に絡みつく。口の中で蠢《うごめ》くものの熱さに目が眩《くら》みそうだ。息苦しさを覚えるほどなのに、酩酊《めいてい》感にも似た心地よさも同時に味わい、合わせた唇の隙間から甘い吐息がこぼれた。相手の激しさに酔ってばかりいると、覚醒《かくせい》を促すように舌先で上顎を辿《たど》られ、こそばゆいようなそれに背筋が反り返る。

ワイシャツの襟からネクタイを引き抜かれ、啄《ついば》むように唇を触れ合わせながらシャツのボタンを外しにかかってくる伏見に、周平はうろたえ気味の声を上げる。

「ふ、伏見君……君は、男相手に、その……大丈夫なの……?」

骨ばって平らな胸を目の当たりにしたら、さすがに伏見も正気に戻ってしまうのではないかと不安になり合わせた唇の隙間から尋ねると、伏見が急に動きを止めた。片手を周平の顔の横につき互いの距離をとると、真上からこちらの顔を覗き込んでくる。

自分の容姿にとんと自信のない周平は、余計なことを訊くんじゃなかったと後悔しつつ目を伏せる。不安を押し潰すように周平が喉を上下させると、ふいに伏見が呟いた。

「……眼鏡、とってもいいですか」

玄関先でも同じことを言われたことを思い出し、周平はろくに伏見を見上げられないまま頷く。すぐにブリッジを摑まれ、ゆっくりと眼鏡を外された。それを枕元《まくら》に置きながら、

「こっち向いてください」と伏見が低く囁く。

勝手がわからずいちいち躊躇する周平の頰を、伏見の指先が撫でる。目の下を親指で拭われようやく視線を上げると、熱心にこちらを見下ろす伏見と目が合った。

「……可愛いですよ、課長——……じゃなくて、周平さん」

先程よりは落ち着いた声音で伏見が周平の名前を呼ぶ。だが残念ながら、言葉の前半ですでに思考停止状態になっていた周平は伏見の変化に気づけない。

「……何？」

「だから、眼鏡外すと可愛いですよ。かけてると年上で上司って感じがするんですけど、外すと可愛いです。可愛いばっかりです」

「な、何？　何を急に……」

耳慣れない、というか、成人してからは初めてかけられる褒め言葉に周平はひどく動揺して伏見の体の下で身を捩《よじ》らせる。からかわれているのかと思ったが、こちらを見下ろす伏見は真顔だ。

「部屋で一緒にビール飲んだとき、初めて正面からまともに眼鏡かけてない課長の顔見て、可愛いなって。年上なのにこんなこと考えちゃ悪いかとも思ったんですけど……」

「と、年上どころか、男じゃないか、オジサンだよ、僕は」

「でも、可愛いんです」

伏見は身を屈め、周平の額に自分の額を押しつける。すぐ側で、伏見の切れ長の目が溶けるように緩む。

「俺の目にはそう見えるんです」

言葉の端からシャツのボタンを外された。だが、それを止める気力はもう周平に残っていない。耳から流し込まれた甘い言葉と熱を帯びた瞳に、くすぶっていた不安が一気に薙《な》ぎ払われる。耳元で、見たい、と囁かれれば、いとも容易《たやす》く許してしまう。

シャツのボタンがすべて外され、剝き出しになった胸に伏見が掌を乗せてくる。女性とは違う、柔らかさも丸みもない肌に伏見は愛《いと》し気に指を這わせ、時折周平の唇に触れるだけのキスをしては、視線を合わせてほんの少しだけ笑う。

まだ目の前で起きていることが上手く把握できない周平はされるがままに息を乱すばかりだったが、伏見の指先が胸の突起に触れたときはさすがに体を硬くした。

普段意識して触るような場所ではない。くすぐったい気がして伏見の手から逃れようとしたが、周平の反応を見た伏見は明確な意思を持ってそこに触れてくる。

「ふ……伏見君……それは――……」

「気持ちよくないですか」

「く、くすぐったい……」

訴えてみても伏見の手はどかない。それどころか親指の腹で円を描くようにゆっくりと同じ場所を辿られ、周平は息を引き攣らせる。気持ちがいいのとは違う気がするのに、伏見の指の動きに合わせて肌の下で何かが蠢く気配がして、思わず伏見の腕を握り締めた。

「伏見君、待って……ま……、ぁっ……」

それまで額を合わせていた伏見が顔をずらし、周平の耳元に唇を寄せる。肩を竦める間もなく耳朶《じだ》を口に含まれて、周平はシャツの上から伏見の腕に爪を立てた。

「ん……や、あ……っ」

わざと音を立てて耳を舐めしゃぶりながら、伏見が周平の胸の尖りを弄《いじ》り回す。耳元で水音を聞きながら胸を触られるとひどく卑猥な気分になって、周平は必死で身を捩った。

くすぐったいと思っていた場所はいつの間にか芯が通ったようになって、触れられると水中で全身を気泡が通り抜けていくような、ざわざわと落ち着かない気分になった。それどころか段々とそのざわつきが腰に集中してくるようで、周平は大いにうろたえる。

子供のようにいやいやと首を横に振ると、ようやく伏見が耳から唇を離してくれた。

「嫌ですか、こういうの」

少し掠れた低い声に背筋が震えそうになり、周平は曖昧に視線を泳がせる。嫌というより、気恥ずかしい。自分の反応に伏見が萎《な》えてしまうのではないかと思うと、とても怖い。

そういうことを言おうか言うまいか迷っていたら、胸に置かれていた伏見の手が脇腹を滑り下り、いきなり周平の体の中心に触れてきた。

他人にそんな場所を触られた経験のない周平は、ひっ、と鋭く息を呑む。対する伏見はためらいも見せず、スラックスの上からやんわりとそこを撫でさすった。

「……ちゃんと反応してる」

わざわざ言葉にして伏見に確かめられ、周平は羞恥《しゅうち》で思考回路が焼き切れそうになった。

言われなくとも自分の体だ。わかってはいたが他人に指摘されるほど気恥ずかしいものもない。つい、伏見の広い胸を押しのけるような仕種をしてしまう。

「そ、そんなの、するに決まってるじゃないか！　むしろ君はどうなんだ！　僕はゲイだし君のことが好きだから反応するに決まってるけど、君は——……」

言葉の途中で、周平の足をまたぐようにしていた伏見が無言で周平の腿《もも》に腰を押しつけてきた。そこに確かにある熱の塊に、喉元まで出かかっていた言葉が霧散する。互いに黙り込んで、室内はたちまち沈黙に支配された。

伏見も興奮しているんだと思ったら、ホッとすると同時に恥ずかしくもなった。そういう目で伏見に見られているんだと改めて認識して、上手く視線が定まらない。

腿に伏見の熱を感じて隠しようもなく全身を緊張させた周平に、あの、と伏見がためらいがちな声をかける。自身の表情を隠したいのか、伏見は周平の首筋に顔を埋めた。

「……俺もこういうの初めてで、上手くいくかどうか、わからないので……」

ちゃんとリードできなくて、と呟く伏見の声は、どこかもどかしそうだ。

戸惑っているのも緊張しているのも、自分だけではないらしい。女性との経験は数多《あまた》あるだろう伏見でも、同性を相手にするのはこれが初めてなのだ。気持ちとは裏腹に途中で体が拒絶を示すかもしれないし、それきり気まずい空気になってしまうかもしれないと、伏見も不安を抱えているのかもしれない。

そう思ったら、多少体の力が抜けた。自分の上にいるのは王子でもなければ腹黒い色事師でもなく、十近くも年下のただの不器用な青年なのだと思い出し、周平は体の脇で握り締めていた指先をゆっくりとほどいた。

（もしも途中で伏見君が我に返ったら、そのときは、僕がフォローしないと……）

やっぱり駄目でした、と告げられたら笑い飛ばして、気にしないでくれと肩を叩いてこれまで通りの態度で接してやろう。それが年長者である自分の務めだ。

でも、そうなる前に、自分だって伏見に触れておきたい。

「……伏見君」

闇の中で囁いて、両手で伏見の後ろ頭を撫でた。驚いたように顔を上げた伏見の目を覗き込み、自ら首を上げて伏見の唇にキスをする。

触れたい、と思った。今だけ。伏見が我に返る前の、今だけでも。

慣れない仕種で伏見の首の後ろに手を回すと、すぐに伏見も深く咬《か》み合わせるようなキスで応えてくれる。たどたどしく伏見の動きを追いながら周平は伏見の背に指を滑らせ、その広さと熱さを確かめる。舌を吸い上げられながら伏見の背に指を這わせると、何かとんでもなくいやらしいことをしている気分になって自然と息が上がった。

ワイシャツの布越しでは物足りず、自ら伏見のネクタイに指をかけた。結び目が上手くほどけずもたついていると、伏見が周平の手を取って無言で自身のネクタイを引き抜く。余裕のない手つきでボタンも外しワイシャツを脱ぐと、伏見はその勢いのまま周平の肩に引っかかっていたシャツも脱がせてしまった。

ひやりとした夜気に身を竦ませる間もなく、伏見に両腕で抱きしめられる。熱い肌と、背中が軋むほどの腕の強さにたじろいだのは一瞬で、周平も懸命に伏見の体を抱き返す。たちまち感極まったように伏見の背が山形になり、前よりもっと強く抱き寄せられて息が止まりそうになった。喉の奥に歓喜で震える吐息が詰まって、窒息しそうになる。

伏見の体温に包まれ不規則な呼吸を繰り返していると、周平のベルトに伏見の手がかかった。カチリと金属の鳴る音がして、一気に顔が熱くなる。うろたえて伏見の名を呼ぶと、首筋に顔を埋めていた伏見にやんわりと耳朶を食まれた。

「名前、俺は呼んでもらえないんですか……？」

低い声はとろりと蜜《みつ》でもかかったように甘く、周平は背筋を震わせる。黙っていると耳にそっと歯を立てられ、妙な声が上がってしまいそうで慌てて口を開いた。

「か、和親君…っ…」

「君はなくてもいいですよ」

ベルトが外され、スラックスのボタンも片手で器用に外されて、周平はすがるように伏見の背に指をくい込ませる。じりじりとファスナーを下げられながら、周平さん、と耳元で囁かれ、周平はきつく目を瞑《つぶ》った。

「か……和、親……」

言い終わらぬうちに、伏見が下着の上から周平の雄に触れた。とうに頭をもたげていたそれをやんわりと掌で包み込まれ、周平は瞑った瞼に一層力を込めた。

伏見の唇が移動して、瞼にくすぐるようなキスをされる。その間も伏見は周平の熱を煽るように緩やかに手を動かし続けるから、周平は気恥ずかしさに泣きたい思いで目を開けた。

触れられただけでこんなにも反応している自分を、伏見はどんな目で見ているだろう。呆れられてはいないだろうか、軽蔑されてはいないだろうか。

ほとんど涙目で伏見を見上げた周平だったが、伏見は想像したどれとも違う表情で周平を見ていた。

熱っぽい視線で周平の顎や頬や目元を緩やかに辿っていた伏見は、周平と視線が合うと、温かな肌の上で溶けるバターのように、とろりと笑った。

「周平さん、可愛い――……」

息が止まる。

人肌に近い滑らかな湯に溺《おぼ》れるように、伏見の声と指と体温に溺れる。

声も出せずに伏見の胸にすがりついた。伏見がもともとノーマルな男だとわかっているだけに突き飛ばされたらどうしようと一瞬不安も過ぎったが、実際は逆に強く抱き寄せられた。

「あっ、あ……っ……」

伏見の手が下着の中に滑り込み、直に周平の雄を握り込む。二、三度擦られただけで先端からは先走りが溢れ、粘着質な音が室内に響いた。そこに自分の甘ったるい声が重なって、周平は必死で唇を噛んで声を殺す。

「下、全部脱ぎます……?」

周平の限界を察したかのように耳元で囁かれ、周平は無言のまま首を縦に振った。このまま行為を続行されたらあっという間に上り詰めてしまいそうだ。少しでも時間を稼ぎたくて、周平は服を脱がす伏見に合わせて腰を浮かせながら、ためらいがちな声をかけた。

「き、君も、脱いでくれ……僕ばかりじゃ、その——……」

恥ずかしい、と口に出す方が恥ずかしくて周平が黙り込めば伏見は微かに笑って、周平の服を脱がせ、自分が身につけていたものもすべてベッドの下に脱ぎ落した。

「じゃあ、続きは一緒にしましょうか」

再び周平に覆いかぶさってきた伏見が唇の先で囁く。何を一緒に、と尋ねる前に下半身に熱い塊が押しつけられた。

「あ……っ」

互いの昂《たかぶ》りを、伏見がまとめて摑んで扱《しご》き始める。掌とは違う、熱くて弾力のあるものが擦れ合う感触に、周平は腰を跳ね上がらせた。

「や、な……何……あっ……」

「何って、だから、一緒に……」

少し掠れた声で答えながら、伏見は掌を上下させる。途中、濡れた先端同士が押しつけられて、ぬるりとしたそれに周平の肌が粟立った。

「あっ、あ…っん……」

たまらず喉の奥で声を押し殺すが、根元から先端まで扱かれるたびに鼻から抜けるような甘ったるい声が漏れてしまう。どちらのものともわからない先走りが伏見の手を濡らし、水っぽく卑猥な音が室内に響く。それだけでももう一杯一杯だったのに、もう一方の伏見の手が胸に伸びてきて、周平は大きく身を捩らせた。

「あっ、や、だ……それは……っ」

「……くすぐったいですか?」

指の腹で胸の突起を擦られ、周平は背中を仰け反らせる。一時は確かにくすぐったかったはずなのに、今は触れられると体の芯が痺れたようになる。痺れはそのまま下腹部に伝わり、周平は内股を大きく震わせた。

「やめ……っ……ふ、伏見君、や、ぁ…っ…」

「駄目ですよ、その呼び方じゃ」

一定の速度で手を上下に動かしながら伏見が囁く。声には乱れた息が混ざっていて、自分ばかりでなく伏見も快感を追っているのだとわかったらまた体が熱くなった。

「あっ、あ……っ、和、親…ぁ…っ」

「いいですね、それ……もう一回」

指の先でやんわりと胸の尖りをつまれ、周平は全身に力を込める。伏見の手の中で反り返ったものは、同じように張り詰めた伏見自身と掌に揺すり立てられ、今にも弾けてしまいそうだ。ぼんやりと視界が濁って、周平はしゃくり上げるような声を上げた。

「い、いや……だ……っ、あ、もう…っ…か、和——…っ…」

目の端からボロリと涙が落ちる。視界が晴れて、思いがけず近くに伏見の顔があった。暗がりで目が合うと、伏見は何かを耐えるように目を眇め、ほんの少しだけ唇の端を持ち上げて、可愛い、と唇の動きだけで繰り返す。

可愛い、可愛い、たまらなく可愛い。

声には出さず、唇と表情だけで伝えられるそれに、周平の中で何かが溢れた。

「あ、や……あぁ……っ！」

堪えようもなく腰が跳ね、伏見の手の中で周平は絶頂を迎えた。一瞬世界の音が遠ざかり、続いて地響きのような心臓の音が耳を打つ。ようやく自分の弾んだ息の音が聞こえてくる頃、晒した喉元に伏見がきついキスを落としてきた。

「……っ……あ……」

思考は鈍っているのに皮膚感覚だけは鋭敏で、喉元を強く吸われただけで掠れた声が漏れた。忙しない呼吸を繰り返しながら伏見もいったのだろうかとぼんやり考えていると、濡れた指が移動して体の奥に触れてくる。

「……っ！」

とろりとしていた周平の目が瞬時に焦点を取り戻す。

「伏……や、か、和、和――……」

今更名前を呼ぶのが照れる。闇の中で伏見が身じろぎをして、内股に熱いものが当たった。

伏見はまだ、達していない。

周平の放ったもので濡れた指先が、奥まった場所を撫でる。息を呑んだ周平に気づいて、伏見がわずかに視線を上げた。

「……男同士って、ここを使うんじゃないんですか?」

「そ……そ、そう……らしい、けど――……」

周平もよくは知らない。その手の知識はネットでちらりと調べた程度しかない。自分の体のこととなればもっとよくわからない。

他の人はそういうこともしているそうだけど、自分にできるかどうか。その行為にどのくらいの負荷がかかって、自分の体がどこまで耐えられるのか、わからないからこれ以上はできない、と言ってしまうのは簡単だったはずなのに、前髪の隙間から覗く伏見の目を見たら動けなくなった。

伏見の目には押し殺した熱がこもっていた。それは会社ですれ違うときに見る淡白な瞳とは別物で、気を抜けば今にも喉元に食いかかってこられそうで、目を逸らせなかった。

「……無理ですか」

囁く声が乱れている。引き下がる素振りを見せながら、目だけが「欲しい」と訴える。

初めて見る、伏見の雄の顔だった。

瞬間ぶわりと肌の下から湧き上がってきたものは、恐怖なのか期待なのか欲望なのか。わからないまま、周平は離れようとする伏見の手首を摑んでいた。

無理だ、と言うのがきっと正解だった。自分も伏見も、知らないことが多すぎる。それでも周平は伏見の手を離せず、小さく喉を上下させてから言った。

「で、できる、ところまで——……」

ベッドにもつれ込んだとき、最初に伏見が口にした言葉を借りた。

自分でもどこまでできるのか見当もつかないのに、欲しいと乞《こ》われれば許してしまう。周平はできる限り体の力を抜くと、両手で伏見の頰を包み込んだ。

引き寄せるまでもなく近づいてきた唇が柔らかく重なって、周平はゆっくりと目を閉じる。

濡れた指先が再び窄《すぼ》まりに触れて、ゆるりと縁をなぞられた。睫だけ震わせて伏見の唇を柔く嚙むと、そろそろと慎重に指先が体の奥へ侵入してくる。

「ん……っ」

たっぷりと濡れた指は、存外引っかかりもなくスムーズに動く。指の先が狭い隘路《あいろ》を潜《くぐ》り抜け、周平はわずかに爪先でシーツを蹴った。気づいた伏見が身を起こそうとするのを、頬を包む手に力を込めて止め、何か言いた気な唇を軽く噛んで黙らせる。無言の攻防がしばらくあり、最後は伏見の方が折れたように周平の唇に押し包むようなキスをしてきた。

それだけで、周平の体はとろりと蕩《とろ》ける。慣れない場所を押し開かれる違和感よりも、伏見の唇に意識が持っていかれてしまう。

両腕を伏見の首に回すと、前より深く唇が絡まった。間近で聞こえる伏見の呼吸が段々と荒くなり、その息遣いにすら煽られる。指先が少しずつ奥へと押し込まれる痛みを興奮が凌《りょう》駕《が》した。伏見が自分を欲しがっていることが、肉体的苦痛を薄めてしまう。

「あ……はっ……」

唇を離すと、さんざん舐めて吸われた唇が痺れていた。伏見は周平の頬に唇を落としながら、いつもより低い声で囁く。

「……きつくないですか……痛いとか」

「大、丈夫……っ」

本当ですか、と少し疑わし気に周平の顔を覗き込み、伏見は内側に沈めた指をゆっくりと動かす。体の奥で伏見の指の形を覚えさせられ、周平は高い声を上げた。

「あ……あぁ……っ」

痛いとか気持ち悪いとかそんな気持ちより、伏見の指だと思うだけで昂ってしまう自分が信じられない。淫蕩《いんとう》に歪む自分の顔を見られたくなくてシーツに横顔を押しつけると、伏見はゆるゆると指を出し入れしながら吐息混じりに呟いた。

「そういう顔でそういう声を出されると……引くに引けなくなりそうなんですが……」

羞恥で涙の浮いた目尻に唇を寄せられ、また深く指を沈められるとわずかに腰の奥が熱くなった。周平が戸惑いに視線を揺らめかせていると伏見の唇が下降して、頬から首筋、鎖骨を下って胸に至る。伏見の唇がどこを目指しているのか気づいたときにはもう遅く、硬く勃《た》ち上がった胸の突起に伏見の唇が触れていた。

「あっ！　やっ、あ……んっ……！」

最初はせいぜいくすぐったさを覚えるぐらいの場所だったのに、今は唇が掠めただけで背中が反り返った。柔らかな唇に挟まれるとじりじりと体が熱くなり、濡れた舌先で突かれていよいよ声が抑えきれなくなる。

「い、いや……嫌だ、あ、あぁ……っ」

「……嫌なわりには、凄く色っぽい声ですね」

舌全体でザラリと舐め上げられて、周平は身を捩らせる。そうすると余計体に力が入り、中にある伏見の指を締めつけてまた身を震わせる羽目になった。

胸の先、体の奥。性感帯なんて存在しないと思っていた場所に、熾のようにちらつくものが確かにある。

「ん、んぅ……ふ……っ」

赤く色づいた胸の飾りを執拗に舐《ねぶ》られ、同時に体の奥を指で嬲られて、周平は必死で声を殺そうと唇を噛み締めた。それが苦痛の声を隠すためでないことは、きっと伏見にもばれているだろう。震える脚の間では、一度達して柔らかくなっていたものが再び硬度を取り戻し始めている。

指が増やされる、過敏になった乳首を強く吸い上げられる、中で指を曲げられて、焦れるほど柔い力で胸の尖りに歯を立てられる。

そのたびに、周平はのたうつように身をくねらせた。最早苦痛と快楽の境界線もわからない。じっくりと時間をかけて、自分の体が変容させられていく。

「あ、あぁ——……っ」

何本かの指をまとめていっぺんに奥まで突き立てられたとき、唐突な射精感が駆け上がって周平は喉を仰け反らせた。思わず胸に舌を這わせていた伏見の後ろ髪を握り締める。

「……いいんですか、今の」

伏見が抑えた声で尋ねてくる。あらぬ場所を弄られて達しそうになったことを打ち明けるにはまだ正気を失いきれず周平が黙り込むと、伏見はそれ以上の疑問は差し挟まずに周平の昂りに触れてきた。完全に勃ち上がって先端から蜜をこぼすそれを指先で辿り、安堵したような息を吐く。

「……ここですか」

「あっ、さ、触らないで、くれ……っ」

「どうして、気持ちがいいんでしょう……？」

その通りだから周平は顔を赤くして言い淀む。そうすることで言葉より明確に本心を伝えてしまっていることにも気づかずに。

伏見の喉が上下する。まだその人となりを知らなかった頃、綺麗なばかりで何を考えているのかわからないと思った伏見の顔に欲情がちらついているのを見て、周平はかちりと奥歯を鳴らした。腹の底から震えが走り、無意識に伏見の指を締めつける。

「あっ、も、もう……嫌だ…っ…て……」

「でも、ここ……ほら、こうすると先が濡れて……」

伏見の指に内側を押し上げられると、直接触られてもいないのに先端からとろとろと蜜が滴る。それが伏見の指を銜《くわ》え込んだ場所を濡らし、さらに深いところを穿《うが》たれる。

「も、もう、いいから――…っ…！」

体の奥に潜む過敏な場所を炙《あぶ》り出されそうになって周平が切羽詰まった声を上げると、ようやく伏見が深々と埋めていた指を抜いた。ずるりと引き抜かれる感触に息を呑んだ隙に、伏見に両脚を抱え上げられる。脚の間に伏見が身を滑り込ませてきて、入口に熱い切っ先が押し当てられた。

ただ宛がわれているだけなのにとんでもない圧迫感が襲ってきて、周平は怯《ひる》んだ顔で伏見を見上げた。視線に気づいた伏見が身を屈め、目を眇めて囁く。

「……ここまで?」

できるところまで、と最初に言ったからだろう。これ以上は無理かと言外に尋ねられ、周平はとっさに返事ができず身を硬くした。

この先に進もうとすれば、きっと心地いいばかりでなく苦痛をも伴うことにもなるのだろう。怖くないはずはなく、不安だってきりがない。

それでも周平は、おずおずと伏見に手を伸ばした。

「も……もう少し……」

身を倒して近づいてきた伏見の髪に触れる。耳の上辺りを軽く撫でてやると、伏見がゆっくりと腰を進めてきた。

「あっ……」

押し開かれる痛みに周平が小さな声を上げると、伏見の動きもぴたりと止まる。あと数センチのところまで近づいていた顔も静止して、周平は伏見の髪に指を差し込んだ。

「だ、大丈夫……もう少し……」

「……無理、してませんか」

それを言うなら君の方が、とあと少しで口走りそうになった。押し入ってこようとする伏見自身は、怖いくらいに硬くて熱い。

周平は伏見の髪を指に絡め、自分の方に引き寄せる。

「してないから……もう少し、できるところまで——……」

「それ、どこまでなんですか……」

熱い溜息混じりの伏見の声に、周平も弱り顔で首を傾げた。

わからないけれど、もう少し。ここで体が離れてしまうのは、なんだか淋しい。

伏見がまたわずかに腰を進め、覆いかぶさってくる顔が近づく。痛みも異物感も確かにあるが、それよりも眉を寄せた伏見の顔に周平は見とれる。乾いた唇を舐める赤い舌と、その隙間から漏れる乱れた息。ひたりとこちらを見据える熱っぽい双眸《そうぼう》から目を逸らせない。

「い……っ……」

グッと伏見が腰を入れてきて、痛みに爪先が丸まった。とっさに身を離そうとする伏見を、周平の方が引き止める。鼻がつくほど近づいた伏見の秀麗な顔を遠ざけたくなくて、首の後ろに腕を回して引き寄せた。

「…っ…大丈夫なんですか、本当に……っ」

口を開けば引き攣った声が上がってしまいそうで、周平は無言のまま頷く。伏見の鼻に自分の鼻先を擦り合わせ、吐息だけでキスをねだった。

誘われるまま、伏見が深く身を倒して周平の唇を塞いでくる。入口に埋め込まれたものもさらに奥へと侵入してきて、周平は強く伏見の首をかき抱いた。

「ん……ぅ……んんっ……！」

時間をかけて雁首《かりくび》を埋めたところで限界がきたのか伏見が一気に根元まで身を沈めてきて、周平は思わず口内をかき回していた伏見の舌に歯を立てた。

「ご……ごめ、ん……っ！」

とっさに周平が謝ると、いいえ、と伏見は低く囁いて周平の唇を舐めた。

「俺の方こそ、謝らないと——……」

唇の間から舌先を覗かせた伏見は色っぽく、ぼんやりとそれに目を奪われていると、伏見が頬に微苦笑のようなものを浮かべた。

「……もう止められません」

言葉の意味を理解する前に、伏見が周平の脚を抱え直す。身構える間もなく伏見が腰を動かしてきて、周平は鋭く息を呑んだ。

「ひ……っ、あっ、あぁっ……！」

予期せぬ高波にさらわれた気分で、周平は伏見の首にすがりつく。苦痛の波に頭から飲み込まれ、息もできない。いっそ伏見を突き飛ばして逃げ出しても不思議ではなかったくらいだったのに、どうしてか両腕は逆に伏見を抱き寄せて離せなかった。

完全に息が止まる。本当に溺れているようだ。手近にあるものを必死で摑んでなお、波間に引きずり込まれていく。息を吐くことも吸い込むこともできず喉元を痙攣《けいれん》させていた周平が呼吸を取り戻したきっかけは、頰に触れた伏見の唇だった。

周平に力一杯しがみつかれた伏見は、深く身を倒して周平の頰に柔らかなキスをした。宥めるようなそれに、恐慌状態に陥りかけていた周平の体が大人しくなる。

頰に何度も優しく唇を押し当てられ、ときどきは労《いたわ》るように抱えた脚を掌で撫でられて、今更のように目の端からボロリと涙が落ちた。それに気づいた伏見が周平の目元にも唇を寄せ、舌先で涙を拭いとる。

周平の腕が緩むと、伏見は身を起こして周平の顔を覗き込み、痛々しそうに眉を寄せた。

「……きついですよね？」

「……だ……っ、だい……じょ……」

「嘘をついたら駄目ですよ」

咎《とが》めるように唇を嚙まれ、どうしてか、胸の奥がひりひりするほど熱くなった。

体を無理に開かされるのは痛かった。息も苦しい。

（でも、欲しい――……）

欲しがっていたのは伏見の方だと思っていたのにすっかり立場が逆転して、周平は涙で潤んだ目で伏見を見上げる。

「ふ、伏見君——……」

「呼び方、違いますよ」

「か、和、親……お願いだから、このまま——……」

止めないでくれと涙目で懇願すると、伏見は困ったような顔で周平の腰を撫でた。

「言われなくても……止められないって、さっき言いませんでした……?」

「で、でも……だって……」

「少し大人しくしていた方が、体が慣れるかと思ったんです」

ほら、と伏見が周平の腰を指先で辿る。そんな些細な刺激に腰の奥がじわりと熱くなって、周平は背筋を震わせた。

「あっ……」

腰から腿の外側をゆっくりと撫で下ろされ、体の中をぞくりと何かがうねった。勝手に体が戦慄《わなな》いて、中にいる伏見を締めつける。

「……ほら、柔らかくなってきた」

ゆるゆると伏見が腰を揺らす。そうされると痛みの下から甘苦しい気配が這い上がってきて、周平はぱらぱらとシーツに涙をこぼした。

「ん……や、や…あ、あぁ……ん」

「……辛《つら》くなってきました?」

周平の声の変化を聞きとって、伏見が耳元に唇を寄せてくる。答えないでいると、真っ赤に染まった耳殻をぬるりと口に含まれた。

「や、く、くすぐった……い……」

「くすぐったいだけ……?」

戯れのように伏見は周平の耳や首筋に舌を這わせ、浮き出た鎖骨に歯を立てる。途中、鼻先を伏見の髪が掠め、ふわりと漂った伏見の匂いに周平は眩暈《めまい》を起こしそうになった。

毎日使っているシャンプーの匂い、洗面台の前に置かれた香水の香り、その下から体温と共に立ち上ってくる、伏見の肌の匂い。

「あ——……」

体のどこかにあるスイッチでも押されたように、周平の体の関節が緩む。伏見を受け入れる部分も柔らかく蕩けて、内側を擦るわずかな動きにも内股に震えが走った。

周平の変化に気づいたのか伏見が本格的に腰を入れてきて、周平はそれまでと違う甘い悲鳴を上げた。

「ひ、あっ……あぁ……っ」

突き上げられて喉が仰け反る。

痛みは完全に引いたわけではないはずなのに、変だ、どうしようもなく、気持ちがいい。

「……悦《よ》くなって、きましたか」

周平を揺すり上げながら、伏見が弾んだ息の下から尋ねてくる。周平はとっさに首を横に振ったが、深く穿たれてこぼれた声はやはり甘い。目を細める伏見を見ていられず、周平は肩を竦めて必死で顔を隠そうとした。

「ち、ちが……あっ、や、あぁ……っ」

「凄く気持ちよさそうな顔してるのに……？」

伏見の低い声すら体の芯に響く。快楽を追う顔を見られたくなくて、周平はぎゅうぎゅうと目を瞑って伏見から顔を背けた。

耳元に、伏見の吐息がかかった。ひそひそと、伏見は内緒話でもするように囁く。

「――……感じてる顔も恥ずかしがってる顔も、どっちも可愛くて好きですよ」

笑みを含ませた伏見の声に、カッと耳が熱くなる。

恥ずかしい。でも嬉しい。体はますます従順に、伏見の形に添っていく。

羞恥を押し殺して伏見の顔を見上げようとしたら、それより先に腰を摑まれ、本格的な抽挿が始まってしまった。

「あ、ま、待って、ま……あぁっ！」

待てません、と余裕を失った声で囁かれ、耳朶を強く吸い上げられる。

柔らかく潤んだ内壁を繰り返し突き上げられ、周平は堪えきれずに艶めいた喘ぎ声を上げた。伏見の指に覚え込まされた場所に刀身が当たると、息が止まってしまいそうになる。

「やっ、あぁっ、あんっ、あっ！」

体を揺さぶられるたびに、唇から短い声が漏れる。周平の耳にもそれに快楽がにじんでいるのは明白で、せめて声を抑えようとしても上手くいかず、周平はひっきりなしに甘い嬌声《きょうせい》を上げ続けた。

男のよがり声なんて聞いても伏見は嬉しくもないいんじゃないかとも思ったが、伏見もまた周平の声に煽られるように腰の動きを大きくする。引き抜いたものを奥深くまで突き入れて、小刻みに揺らし、大きく腰を回す。少しでも周平が反応すると執拗に同じ場所を攻め立てて、端から周平に声を殺す余裕など与えない。

「いや、や、あっ、あぁ——……っ……」

「それ、本気で嫌って、言ってないですよね……？」

周平を揺すり立てながら、伏見は互いの腹の間で濡れそぼった周平の雄に手を伸ばす。ゆるりとそれを撫でられて、周平は両足を突っ張らせた。締めつけに、伏見が小さな声を漏らす。

「ああ……そうか、こっちも触った方が……？」

「だ、駄目だ、それ、は、ぁ……っ、は、離して——……っ……！」

涙混じりで周平が訴えても伏見は聞き入れないどころか、一層深く奥を穿ちながら周平の反り返った雄を扱いてくる。前と後ろを同時に攻められ、経験したことのない深い快楽に呑み込まれて周平は大きく体を仰け反らせた。

「い、いや、いや……ぁ……っ！　も……う、も――……っ」

「いいですよ、いって」

荒い息の下から伏見が促す。駄目だと思ったのに、蕩けた内側を硬いもので突き上げられ、びくびくと脈打つものを大きな掌で擦り上げられて、首筋で伏見の乱れた呼吸を感じたらもう、耐えられなかった。

「あ、あぁ、あ――……っ！」

全身が強張って、頭の中が真っ白になる。白濁としたものを放つ最中も容赦なく内側を抉《えぐ》られて、声にならない悲鳴が上がった。伏見が低く呻いて、一際大きく腰を突き入れる。

「……っ……」

内側を濡らされる感触に体が打ち震え、意識がゆっくりと遠ざかる。まだ整わない伏見の速い呼吸を耳にしながら、周平は抗いようもなく意識を手放した。

汗ばんだ肌を強く抱きしめられる感触だけが微かに残る。息苦しいのに心地いいそれに、溶けるようだと周平は思った。

会議室にずらりと並ぶ弁当箱。色とりどりのそれらが端から開いて、室内に食欲をそそる香りが充満する。

「友達に彼氏ができたんですよ。そしたらその子、目に見えて体重が落ちて」

「ほらね、だから言ったじゃない。男作るのが先だって」

「寒い時期は皆心細くなるんだから今がチャンスよ」

相変わらず、部下たちは周平の存在を無視してガールズトークを展開する。周平はこれまでと同じく聞き流そうとするのだが、最近それが上手くいかない。

「彼氏ができたばっかりの時期は一番お金がかかりますよねぇ」

「私の友達、一万円もするボディスクラブ買ってた」

「それはちょっとお金かけすぎじゃない？」

「でもそれ使うと肌触りが全然違うんだって！　やっぱり誰かに触られるかもしれないと思うと、自分に対するケアも断然変わってくるよね」

そうだね、とうっかり同意してしまいそうになり、周平は慌てて箸を噛む。あまつさえボディスクラブのブランド名を覚えようとしている自分に慄然《りつぜん》とした。

買うつもりか。買うわけがない。たかが体の汚れを落とすものに一万円なんて。でもそれを使ったら、伏見は自分の肌に触れるとき何か違いを感じるだろうか。

（……いや。いやいやいやいや！　何を考えてるんだ僕は！）

一瞬不埒な想像をしかけた周平は、半分に切った煮玉子を猛然《もうぜん》と口に押し込んだ。伏見とつき合い始めてからというもの、どうも部下たちの話題をやり過ごせずに苦労する。

「大丈夫ですか、課長。慌てて食べるとむせますよ」

もごもごと苦しい表情で口を動かす周平に気づいて浅井が弁当箱の中を覗き込んでくる。そして、あら、と小さく目を瞠った。

「煮卵と、角煮ですか？　こういうこってり系のおかず、課長にしては珍しいですね。端にあるの、小松菜ですか。へぇ、にんにく炒め。あらら、人参のサラダ？」

浅井につられ、他の部下たちまで周平の弁当箱を興味深気に覗き込んでくる。さすがに居心地が悪くなって周平は弁当箱を手元に引き寄せた。

「課長、随分おかずのバランスよくなったじゃないですか。彩りも綺麗ですよ」

「最近葉物のお野菜高いのに、ちゃんと入れてるんですね」

周平は無言のままコクリと頷く。玉子の黄身が口の中の水分を奪って、なかなか飲み込むことができない。その目が泳いでいることに気づいたのか、浅井が眉を軽く上げた。

「もしかして課長、彼女ができたとか……？」

まさか彼女の手作り弁当!?　と身を乗り出してくる部下たちに、周平は滅相もないとばかり首を横に振る。慌てるところが怪しい！　とさらに突っ込まれて無理やり喉を上下させ、食道に無理な負荷がかかって痛みに呻いたところで会議室の扉が開いた。

昼休みの会議室は女の園だ。うっかり何も知らない男性社員が足を踏み入れると無言の圧力で追い返される。例に漏れず浅井たちがいっせいに入口を振り返る。だが、どんな男も怯ませる冷徹な視線は、入口に立つ人物を認めた途端たちまち熱く溶けた。

扉から顔を覗かせたのは伏見だ。

室内が静まり返る。周平には、部下たちが胸中で「王子だ！」と叫んだのが聞こえた気がした。皆揃って箸を置き、そわそわと髪を撫でつけたりして落ち着きがない。

一度は仕事で大きなミスを犯した伏見だが、すぐに購買部の面々に誠心誠意謝罪して、森平や百瀬のフォローまでしてくれたおかげか、いまだその人気は健在だ。

伏見は自分に向けられる熱い視線に頓着《とんちゃく》する素振りも見せず、誰にともなく軽く一礼すると真っ直ぐ周平の元へやってきた。

「課長、これ課長のじゃないですか」

言いながら伏見が差し出したのは角煮につけようと思ってキッチンに出しておいたからしのパックだ。弁当に入っていなかったので入れ忘れたのかと思っていたのだが。

「俺の弁当箱に二つ入ってたんで、もしかしたら間違ったのかと思って」

あ、と思ったときにはもう遅い。周平が伏見に目配せするより先に部下たちがドッと机の上に身を乗り出していた。

「課長！　もしかして王……じゃなくて伏見さんのお弁当、課長が作ってるんですか！」

「あ、だから最近課長のお弁当、彩りがよくなったとか？」

言い当てられ、たちまち周平の頬が赤くなる。図星なだけにたまらない。

自分が食べるだけなら野菜一品弁当でも一向に構わなかったのが、伏見も食べるとなると急に彩りや栄養のバランスが気になってしまって、自分でも露骨なくらいおかずの内容が変わった。それを伏見本人の前で指摘されたのが気恥ずかしくて周平が視線をさまよわせると、別の誰かが不思議そうな顔で言った。

「でも課長、この前総務部に呼ばれてませんでした？　寮が空いたとかいって……」

ゴフ、と周平は小さくむせる。寮の話なら早々に辞退し、周平は今も伏見と一緒のアパートで暮らしている。この先引っ越す予定もない。だがその経緯をなんと説明するべきか。

家から持参した烏龍茶《ウーロンちゃ》で喉を潤し、うん、あの、と無意味な言葉でやり過ごそうとしていると、傍らに立っていた伏見が事もなげにそれに答えた。

「俺が引き留めたんです。結構いい部屋で、でも俺ひとりじゃ家賃が払いきれないので、よければこれからもルームシェアしてもらえませんかって」

珍しく伏見が会話に参加してきて、場の空気がざわりとうねったのがわかった。

周平は頷いて口を噤む。下手に声を出すと上ずってしまいそうで怖い。伏見に寮へ戻らないで欲しいと引き留められたのは本当だが、それが初めて体を重ねた夜、互いに裸でシーツにくるまったままなされた会話だったのを思い出すとどうにも平静でいられない。

あのとき伏見は周平の目を覗き込み、このまま俺と一緒に暮らしてくれませんか、と真摯な声で言った。その台詞をプロポーズのようだと思い、そんなことを思った自分が気恥ずかしくて俯き気味に頷くと、伏見は相好を崩して周平の頭を胸に抱き込んだ。

以前寮に移ろうとした周平を引き留めなかったのは、寮の方が断然家賃が安いから引き留めたところで断られると諦めていたからだそうだ。そう言われると二の句が継げない。

「ねえ伏見君、課長との共同生活はどう？　快適？」

周平が回想に耽っている間も浅井は面白がって伏見に質問をぶつけている。伏見は立って皆を見下ろしているせいか目つきが少し冷淡に見えるが、頷く表情は生真面目なものだ。

「電気消し忘れたり、水出しっぱなしにして怒られたりしてない？」

「怒られます。たまにですが」

「ご飯食べ残して怒られたことは？」

「課長の飯は美味いので残しません」

周平は声にならない悲鳴を上げる。今の台詞、惚気《のろけ》に聞こえたのは自分だけか。

おっかなびっくり顔を上げたが、部下たちは目を爛々《らんらん》とさせて滅多に聞けない伏見の生の声に聞き入っている。あまり言葉の内容までは吟味《ぎんみ》していないようだ。

「でも課長って安い野菜があるとそればっかり使ってご飯作るでしょ？　飽きない？」

「ああ……確かに時々、偏ってますね」

何か思い出す顔で黙り込み、伏見はゆっくりと周平の弁当箱に視線を落とした。

「でもちゃんと、俺の好きなものも作ってくれるので」

伏見の目は角煮を見ている。数日前、がっつり肉が食べたいです、と伏見に乞われて作ったものだ。伏見にリクエストされるまでは調理方法もろくに知らなかった。

伏見は弁当に落としていた視線を上げる途中、周平の頬を撫でるように目で辿った。

「課長と一緒だと、俺にとってはいいことばっかりです」

伏見の目がわずかに細められる。たちまち冷淡な印象は薄れ、目元に温かな感情が浮かぶ。

その優しい表情に気づいたのは、多分真正面から伏見を見ていた周平だけだ。

それじゃあ、と踵を返したときにはもう伏見はいつもの淡々とした表情で、自分だけが知る伏見の顔に見とれていた周平はホッとしたような残念なような、複雑な気分だ。

伏見は会議室の入口まで行くと、思い出したように足を止めて周平を振り返った。

「そうだ、課長。今夜は遅くなるんで、夕飯は外で食ってきます」

「あ、うん。わかった。気をつけて」

「角煮残しといてもらえますか。明日の朝食べますから」

わかったよ、と周平が苦笑混じりに頷くと、伏見は軽く会釈をして部屋を出ていった。

伏見がいなくなると、張り詰めていた室内の空気が急速に緩んだ。隣で浅井が大きく息を吐き、いきなり天井を見上げて声を張る。

「結婚したいなぁ！」

わかる、わかります、と周囲から声が上がり、周平はぎこちなく箸を動かす。直前の伏見との会話が夫婦めいていたことには途中から気がついていたが、止めようがなかった。

再びガールズトークが始まった室内で黙々と箸を動かしながら、帰りに薬局に寄ろうかな、と周平は思う。一万円のボディスクラブは無理でも、もう少し安くて似たような効果のものがあるかもしれない。

（……また余計な出費が増えるなぁ）

それ以前に、三十を過ぎた男の家計簿に「ボディスクラブ」の文字が躍る日がこようとは。後で見返したときどんな面映ゆい気分になるだろう。伏見とつき合い出してからというもの、弁当の中身だけでなく家計簿の内容も激変した。

伏見の名前なんてひとつも出てこないのに、明らかに伏見の存在を意識した買い物の跡が並ぶ家計簿。同じように、伏見の日記帳にも自分の名前が増えていればいい。

「周平さん」と、日記の中で伏見はちゃんと自分を名前で呼んでくれているだろうか。

無自覚に口元を緩ませて、周平は伏見の持ってきてくれたからしを角煮に落とした。

ラブソファー

伏見《ふしみ》はあまり掃除をしない。でも周平《しゅうへい》が休日に掃除機などかけていると、いつの間にかフローリングワイパー片手に周平の後ろをついて回っていたりするので、掃除が嫌いというよりは、「掃除をしよう」と思うタイミングが周平よりも遅いのだろう。

そんな伏見が土曜の夕方、急にダイニングに掃除機などかけ出したので、何事だろうとは思っていたのだが。

「……まさかこれのためだったとはね」

渋い顔で腕を組む周平の視線の先にあるのは、ダイニングでことさら存在感を主張する二人掛けの合皮のソファーだ。

「テーブルのときもそうだったけど、一言相談してくれればよかったのに」

前触れもなく届いた大荷物を前に周平が呟《つぶや》くと、傍らに立った伏見は素直に、すみませんと詫《わ》びた。

「ここにソファーを置きたいって話は前からしてありましたし、課長も嫌じゃなさそうだったので」

「それはそうだけど……」

「それに、課長に相談すると問答無用で一番安いソファーに決定しそうで」

むぐ、と周平は口を噤《つぐ》む。確かに伏見から事前にカタログを見せられ、「どれがいいと思います?」なんて訊《き》かれていたら、どれも同じようなものだろうと周平は迷わず一番安いソファーを選んでいたに違いない。

「すみません。でもどうしても、これが欲しくて」

ぐうの音も出ない周平にもう一度謝って、伏見は落ち着いたブラウンのソファーを撫《な》でる。骨ばって大きな手と慈しむような手つきに、不覚にも目を奪われた。もう少し小言めいたことを言おうと思っていたのにその言葉すら忘れる。

周平を振り返り、伏見が「座ってみませんか?」と誘ってくる。言われるまでずっと伏見の手を眺めていた周平は、慌てて視線を逸《そ》らすとソファーに腰を下ろした。

低目のソファーは思いの外深く沈み込み、背中を預けると全身を柔らかく包んでくれて心《こ》地《こ》よかった。すぐに伏見も隣に座り、くつろいだ様子で脚を組む。

ソファーの向かいにはテレビがあり、なるほどこれなら落ち着いてテレビを観《み》られそうだ。

伏見の選んだものだから、端《はな》からその使い心地を疑ったりはしていない。

「これ、幾らした?」

相当するんだろう、と目で問うが、伏見は小さく笑っただけで答えない。

「僕も半額出すよ」

「いいですよ、俺が勝手に買ったんですから」

「そう言われてテーブルのときも払わなかったんだ。今度こそ折半する」

でも、と言い募ろうとする伏見を見上げ、周平は前よりきつく腕を組んだ。

「そんなに拒むのは、いつか僕たちが別々に暮らすようなことになったとき、どちらがこのソファーの所有権を持っているかわからなくなるのが嫌だからかい」

伏見は開きかけていた口を閉じ、代わりに小さく目を見開く。

どうやら伏見がまったく想像もしていなかったことを口にしてしまったらしい。相手の表情からそれを悟り周平が居心地悪く腕を組み直すと、伏見はしみじみと呟いた。

「課長は普段からいろいろなことを考えてるんですね」

「そりゃ……お金のことはきちんとしておかないと後でトラブルになるから……」

「でも駄目ですよ、いつか別々に暮らすことになるかもしれない、なんて考えたら」

ソファーの背もたれに肘《ひじ》をつき、周平の方を向いて伏見は言う。長い脚を組んで体をひねる格好がやけに様になっていて、部下たちが見たらまた「王子っぽい！」と大騒ぎするんだろうなと思っていたら、伏見が下から掬《すく》い上げるように周平の顔を覗《のぞ》き込んできた。

「それとも、いつか別々に暮らす予定でもあるんですか？」

「なっ、ないよそんなもの！」

反射的に答えた自分の声は思いがけず大きく室内に響いて、周平は慌てて口を閉じる。伏見はそんな周平を見て、背もたれに肘をついたまま唇を綺麗《きれい》な弓形にして笑った。

「俺もありません」

整った顔に惜し気もなく浮かぶ無防備な笑顔に心臓が跳ね上がり、周平はぎくしゃくと視線を落とす。伏見と一緒に暮らし始めてからそろそろ三ヶ月が経《た》つが、未《いま》だに周平は伏見の整った顔に見とれるし、真《ま》っ直《す》ぐな視線が照れ臭くて俯《うつむ》いてしまう。全然慣れない。

「だ、だったら、やっぱり半額出すよ……僕も使うし、い、一緒に暮らしてるんだし」

伏見に横顔を向けてぼそぼそと呟くと、短い沈黙の後、いきなり耳に柔らかな伏見の唇が触れた。突然のことに驚いて肩を撥《は》ね上げた周平だが、それきり悲鳴を上げることも振り返ることもできなかったのは、耳元で伏見がソファーの金額を告げたからだ。

周平は一人暮らしを始める際に家具を買い揃《そろ》えて以来、大きな買い物をしたことがほとんどない。だから現在の家具の相場がどのくらいなのかは知らないが、それにしたって伏見の告げた金額は周平の予想の倍近かった。

「ちょっと高いでしょう？」

ひそひそと内緒話でもするように伏見が囁《ささや》く。ちょっとで済むのか判断に苦しんだのは本当だが、それでも周平は「払う」と繰り返した。声はひしゃげてしまったが、本気だ。

周平の固い決意を悟ったのか、伏見は軽く肩を竦《すく》めると周平の耳元から唇を離した。

「だったら半額じゃなくて三分の一でいいです」

「でも、それじゃあ……」

「同居人である課長に相談もせず勝手に決めたんですから、俺が多目に出すのは当然です」

周平は追いすがろうとするが上手くいかない。三分の一なら納得の値段だと言いくるめられてしまう自分が憎い。と同時に、伏見は最初から周平に逃げ道を与えるために敢えて無断でソファーを買ったのではないかと穿《うが》ったことまで考えてしまう。伏見のことがマイペースなのかそうでないのかわからなくなるのはこういうときだ。

結局、周平はソファーの金額の三分の一を負担することになった。代わりに今度から何か大きな買い物をするときは絶対一言報告するよう上司の口調で言い渡しておいたが、緩やかに笑って頷《うなず》いた伏見がどの程度心に留《とど》めておいてくれたものかはわからない。


せっかくソファーが届いたので今夜はソファーでビールが飲みたい、と唐突に伏見が宣言して、夕食前に近所の酒店へ二人でビールを買いに行った。

最寄《もよ》りの駅を越えた先にある酒店に行こうとする周平に、近所のコンビニでいいじゃないですかと寒風の中で首を竦めた伏見だったが、酒代が安く上がった分少し値の張るチーズをつまみに買ってやるとたちまちその相好を崩し周平の笑いを誘った。

周平がこういう金銭の使い方ができるようになったのは伏見と暮らし始めてからだ。以前は安く上がった分はきっちり財布に戻し、余計なものなど買おうともしなかった。でも今は単に出費を抑えるだけでなく、浮いた分で何をしようかと考えられる自分がいる。伏見が一緒に楽しんで笑ってくれるから、生活に絶対必要でない場面で財布を開くことは以前ほど苦痛でなくなった。

夕食の後は先に伏見に風呂《ふろ》に入ってもらった。風呂上がりに酒を飲むとアルコールの回りが早くなるからだ。伏見は意外と酒に弱い。

伏見と入れ替わりに何食わぬ顔で風呂に向かった周平は、脱衣所に入るなり一転して表情を険しくして耳をそばだてた。ダイニングからは微《かす》かにテレビの音が漏れ聞こえ、伏見がこちらに来る気配はない。

周平はそそくさと服を脱ぐと、音を立てぬよう洗面台の下の棚を開けた。中には排水管を避けるように買い置きの洗剤やシャンプー、トイレクリーナーなどが入っている。

棚の奥に腕を突っ込んで周平が取り出したのは、ジャータイプの容器に入ったボディスクラブだ。昼食時の部下たちの噂話《うわさ》に興味をそそられ買ってしまった一品で、伏見より後に風呂に入るときだけ使うようにしている。というのも、大の男がボディスクラブを買うなんて気恥ずかしく、よく確かめもせず買ってしまったそれはかなり強いバニラの香りで、後から伏見が浴室に入ると匂《にお》いに気づかれてしまう危険があるからだ。

（……たまにしか使わないから、効果があるかどうかもわからないけど）

浴室にボディスクラブを持ち込んだ周平は湯船につかって長い溜息《ためいき》をつく。

会社の部下たちは、誰かに触られるかもしれないと思うと自分に対するケアも断然違ってくると言っていた。それは本当にその通りで、最近周平はボディスクラブだけでなく、薬用のリップクリームを塗ってみたりハンドクリームを塗ってみたり、ついいろいろと自分に手をかけてしまい、そんな己を顧みては情けないことをやっている気がして気落ちする。

（男の僕がこんなことをやったって……大体、伏見君も気づいてるのかどうか）

自分が伏見のためにボディスクラブを買ったことやまめにリップクリームを塗っていることなんて恥ずかしくて絶対伏見本人には知られたくないが、それでも肩や唇に触れたとき、柔らかくて気持ちがいいと伏見が思ってくれればいいとは思う。

そうしてずっと側《そば》にいて何度でも自分に触れてくれるなら、これ以上幸福なことはないように思うのは、初めての恋人に頭のネジが飛んでしまっている証拠だろうか。

口元まで湯船につかり、周平はゆっくりと目を閉じた。

（……そんなことで君を引き留められるなら、スクラブだろうがゴマージュだろうがピーリングだろうが、なんだってするよ）

部下たちの影響か、はたまた自分自身が興味を持ち始めたからか、いつの間にか美容用語に強くなってきた自分に苦笑して周平はザバリと浴槽から立ち上がった。

風呂から上がってダイニングに行くと、伏見は早速ソファーに深く身を沈めてテレビを観ていた。まだ届いてから半日も経っていないのにブラウンのソファーはすっかりダイニングに馴染《なじ》んで、また少し部屋が居心地のいい空間に変化する。

相変わらず伏見は居住空間を整えるのが上手い、と周平が感心している間に、伏見は身軽に立ち上がって冷蔵庫から冷えたビールを取り出し、湯上がりの周平に手渡してくる。

「早速飲みましょうか。つまみも開けちゃいますね」

「いいけど……つまみはどこに置くんだい？　ソファーで飲むんじゃ……？」

「ソファーに置けばいいじゃないですか」

ええ？　と難色を示した周平に、だってそのために酒買ってきたんですから、と伏見も珍しく譲らない。買ったばかりのソファーが汚れたりしないかな、と心配しつつも、結局押し切られる形で周平はソファーの端に腰を下ろした。伏見も反対側の端に座って、空いた真ん中につまみを置くのだろうと思ったら、違った。

「いや、それだと狭くなるので」

伏見に立つよう促され、大人しく従うとなぜかつまみをソファーの端に寄せられた。代わりにソファーの真ん中に伏見が腰を下ろす。自分の座る場所がなくなってしまい困惑気味に伏見を見ると、どうぞ、と伏見は自分の膝《ひざ》を叩《たた》いた。

何が、と尋ねる前に伏見に腕を摑《つか》まれ引き寄せられる。片手にビールの缶を持っていたためどこかに手をついて体を支えることのできなかった周平は、わけもわからぬうちに伏見の胸に背中をつける格好でその膝の上にいた。

「……えっ！　いや、これ重いだろう！」

「重くないですよ、むしろ軽いです」

たまには肉も食べてください、などとのんきなことを言いながら伏見はビールの栓《せん》を開ける。周平は慌てて立ち上がろうとしたが、先手を打った伏見にガッチリ腰に腕を回され動けない。その上「暴れるとビールこぼれるんで」と当たり前に呟かれてしまって、あまりに平然としたその声に自分の方が意識しすぎているのかと俄《にわ》かに身の振り方がわからなくなった。

耳元でグビ、とビールを飲む音がして、伏見が本当にこのままテレビを観ながら酒を飲むつもりだと悟った周平はおずおずと体の力を抜いた。

「お……重くないのかい……本当に」

「重くないですよ。実家で飼ってる犬の方がよっぽど重いです」

伏見の膝の上、正確には大きく開いた脚の間に腰を落ち着けた周平は、おっかなびっくり伏見の胸に体重を預ける。ソファーはかなり深く沈み込むので、さほど窮屈さは感じない。

「大家族の上に犬まで飼ってたのか……」

「ええ、土佐犬《といぬ》です」

「えっ、と、土佐……？」

「子犬の頃親父が友達からもらってきて。未だに実家に帰ると遠慮なくのしかかってこられますよ。七十キロはいってなかったかな……でももう抱き上げてやることはできませんね」

相変わらず伏見は他人のイメージを華麗に裏切る。てっきりシェパードとかラブラドール辺りを飼っているかと思いきや、土佐犬とは。

「厳つい顔してるけど可愛《かわい》いんですよ。散歩に連れていって河原で寝転がってると、よくこんなふうに腹に乗ってこられました。こっちが音を上げるまで絶対どきませんでしたね」

愛犬の話をする伏見の声は楽し気で、首の後ろから響いてくるそれに耳を傾けながら周平はプルタブを上げた。

「僕のことは苦しくなったらどかしてくれて構わないよ」

「大丈夫です。課長は軽いんで」

腰に回された伏見の腕に力がこもる。ついでに頭のてっぺんに頬《ほお》を押しつけられ、周平は大きく跳ねた心臓を無理やり抑え込んだ。

（な、なんだろう、いつにも増して機嫌がいいけど、まさかもう酔ってるとか……？）

それとも飼い犬を腹に乗せていたときのことでも思い出しているのか。まだ少し湿り気を帯びた周平の髪に伏見はぺたりと頬をつけたままで、周平はむしろ自分が大きな犬にじゃれつかれている気分で顎《あご》も上げられずぎくしゃくとビールを啜《すす》った。

伏見は周平の腰をしっかりと抱き寄せながらビールを傾け、時々テレビの内容に低く笑っては周平の頭に顎を乗せる。それらの行為に周平は胸をどきつかせっぱなしだ。

これまでの人生で恋人などいたためしのない周平はこういうスキンシップに慣れていない。

伏見とつき合い始めてからも、こんなふうに日常生活の中でベタベタと体を触れ合わせることはあまりなかった。それを嫌ったわけではなく、どうやって体を寄せればいいかわからなかったからだ。だから体を密着させるのは、それこそベッドの上くらいのものだった。

（き……今日は、どうするんだろう……）

伏見の広い胸に強張《こわば》った背中を預け、周平は手の中の缶ビールを見下ろす。

周平と伏見の部屋は別々だから、いつもは夜が更けてくるとどちらからともなくダイニングで別れの挨拶《あいさつ》をして部屋へ戻る。でも休日だけは少し様子が違って、周平が「じゃあ僕はそろそろ……」と席を立とうとすると、大抵伏見に腕を摑まれる。

本当は立ち上がるタイミングを計っていたことや、期待の色を必死で隠していることを悟られぬよう周平が俯いていると、伏見は囁き声で言う。「今夜は俺の部屋に来ませんか」と。

周平は手の中の缶を揺らす。今日はボディスクラブを使ったばかりだから、もしかすると伏見も何かに気づいてくれるかもしれない。また伏見が酔い潰《つぶ》れてしまう前に、今日は自分から誘ってみようか。とそこまで考えたところで羞恥《しゅうち》が許容の範囲を超えた。

（む、無理だ……！　そんなことどうやって……！）

これまでも自分から仕掛けたことのない周平は低く呻《うめ》いて缶を握り締める。その手の甲に、ひやりと冷たいものが押し当てられた。

「ちょっと持っててもらっていいですか」

そう言って伏見が自分の缶を手渡してくる。何かと思えば、伏見は空いた手でソファーの隅に置かれたつまみを摑もうとしていた。

「こ、こっちの腕、そろそろほどいたらどうかな……？」

大分軽くなっている伏見の缶と自分の缶を両手に持って、周平は目顔で腰を抱く伏見の腕を示す。片手が使えなくては不便だろうと思ったのだが、伏見はつまみに手を伸ばしながら軽く笑って、一層腕に力を込めた。

「放したくありません」

笑顔で、こちらも見ないまま、凄《すご》いことを言う。

伏見に殺し文句を口にしているつもりはないのかもしれないが、言われ慣れていない周平を撃沈させるには十分だ。頰から首筋に熱が溜《た》まっていくのを止められず視線を泳がせていると、口元に横から何かが押しつけられた。

視線を向けると、伏見が円柱型の小さなチーズをつまんで周平の口元へ差し出している。

誰かに手ずからものを食べさせてもらうなど子供の頃にもほとんど覚えがない。気恥ずかしさに自分で食べられると言いかけたが、よく考えたら両手はビールで塞《ふさ》がっている。

「どうぞ、美味《うま》いですよ」

周平の戸惑いなどどこ吹く風でチーズを勧めてくる伏見に、自分以外の人間にも気楽にこういうことをやっていたらどうしよう、と軽い不安に襲われつつも周平は口を開いた。

薄く開いた唇の中にチーズが押し込まれる。もぐもぐと咀嚼《そしやく》をする周平に、どうです、と伏見が感想を求めてきて、周平はくぐもった声で「美味《おい》しい」と答えた。

満足そうに伏見が目を細める。途中、伏見は指についたチーズのかすを口元からちらりと覗かせた舌先で舐《な》めて、そんな仕種《しぐさ》にすら周平は目を奪われる。うっかりするといつまでも伏見の整った顔や魅力的な表情のひとつひとつに見とれっぱなしになってしまいそうで、周平はビールを飲む振りで無理やり伏見から視線を引き剝《は》がした。

こういうとき、周平は思わずにはいられない。

(もう絶対、僕の方が、断然伏見君に夢中なんだろうな……!)

伏見が自分を好きだと思ってくれる気持ちより、自分が伏見に想《おも》い焦がれる気持ちの方が絶対大きい。そう確信を込めてぐいぐいビールを飲んでいると、もう一方の手に持っていたビールを伏見に奪われた。

伏見は大きく喉《のど》を反らしてビールを飲み干すと、ガコッと音を立てて片手で缶を潰し、ソファーから少し離れた床の上に置いた。

「やっぱりテーブルないと不便ですね。ソファー用に小さいのでも買いましょうか」

「構わない、けど……今度は僕も一緒に選ぶよ」

ほとんど残っていない缶の中に向かって周平は言い放つ。顔を上げたら、赤くなった頰や耳を伏見に見られてしまいそうだったし、それをアルコールのせいだとごまかすことができるか自信がなかった。

伏見は空いた腕も周平の腰に回すと、ごく自然な動作でその肩口に顎を乗せた。首筋に伏見の吐息がかかってピクリと周平は身を震わせる。そんな反応に気づいているのかいないのか、伏見の口調は普段と変わらずなだらかなままだ。

「ところで課長、前から気になってたんですが」

うん、と頷くだけで声の震えが伝わってしまいそうで気が気ではない。残ったビールで喉を潤そうとした周平は、けれど次の言葉で全身を硬直させた。

「時々風呂上がりの課長から甘い匂いがするんですけど、これなんの匂いですか?」

それはまさしく、青天の霹靂《へきれき》。一瞬の雷光が視界すべてを白く照らし出したかのように周平の頭の中も真っ白になり、言い訳も弁解も根こそぎどこかへ吹っ飛んだ。

伏見が言っているのは間違いなくボディスクラブの香りのことだ。かなりきついバニラの匂いだとは周平も思っていたが、その後さんざんシャワーで洗い流して湯船につかるし、風呂上がりに自分の腕に鼻を寄せても何も感じないからわからないだろうと思っていたのだが。

香水はつけている本人より周囲の人間にこそよく伝わるというがそれと同じ効果か。指一本動かせぬまま周平が思いを巡らせていると、伏見がぽつりと呟いた。

「もしかして、洗面台の下にある砂糖壺《つぼ》みたいなやつ使ってるんですか」

へっ?　と裏返った声が漏れた。砂糖壺がなんなのかわからないと同時に、伏見が洗面台の下の棚を開けていたことに驚愕《きょうがく》する。一緒に暮らし始めた頃あの棚は空っぽで、伏見はまったく使っていない様子だったのに。

「トイレに置いといたクリーナー切れてたんで、補充したときにちらっと見たんですけど」

またしても首筋に伏見の吐息がかかって周平は声を呑《の》む。

伏見はあまり部屋の掃除をしないくせに、なぜだかトイレ掃除だけは積極的に行う。なんでも実家にいた頃は伏見がトイレ当番だったのだそうだ。クリーナーを買い置きしておいたのは自分なのに、伏見が補充のために棚を開けるとまでは気の回らなかった己を呪《のろ》った。

「なんですかあれ、砂糖？　あんな所に食い物隠してるわけじゃないですよね？」

本人は至って本気なのだろうが的外れなことを言う伏見に、周平は必死でこの場を繕う言葉を探すが上手くいかない。ただ、下手に隠して伏見がうっかりあれを口に入れたらどうしようと妙な不安が頭をもたげ、今更自分が少し酔っていることを自覚した。

「あれは……その、ス、スクラブで……」

スクラブ、と伏見が繰り返す。声色だけでは内容を理解しているのかどうかわからない。

「部下が、踵《かかと》とかに使うと、すべすべになっていいって……その、踵とか荒れると、あれだろう……靴下に穴が開くから、だから」

「踵しか使ってないのにこんな全身から甘い匂いがするんですか」

「も……ももも、もったいないからね！　余った分は体にも使うよ！」

すん、と耳の裏で伏見が息を吸う気配。自分の声は完全に裏返って、羞恥で周平はこの場から消えてしまいたくなる。

「これ、いい匂いですね」

伏見は狼狽《ろうばい》する周平には気づかず周平の首筋に顔を埋《うず》めたまま呟いて、缶ビールを握り締める周平の手に自分の手を重ねた。

「本当だ、すべすべする」

自分より一回り大きな伏見の手が周平の手を包み込み、親指の腹で確かめるように手の甲をなぞる。いきなり手を握られた周平は動揺のあまり、ハンドクリームも使ってるからね、と余計なことまで口にしてしまいそうになり慌てて唇を引き結んだ。その間も伏見は周平の手を撫で、首筋に鼻先を押しつける。

「使い始めたの最近ですよね、前はこんな匂いしなかった」

首筋に唇が触れ、周平はくすぐったさと妙なざわつきを背筋に感じて肩を竦めた。

「……もしかして、俺のため?」

いきなり核心をつかれ、周平は缶ビールを握り締めたまま大きく目を見開いた。恐る恐る視線を巡らせれば、肩口に顎を乗せ、緩く微笑んでこちらを見る伏見と目が合った。

当たり前に笑って、自分のためだろう、と言ってしまえる伏見に周平は陥落する。きっと以前にも何度もこんな場面はあって、自分を振り向かせるために相手が何かしてくるなんて伏見にとっては当たり前のことなのだろう。だからこんなにも自信に満ちた表情でいられるのだと思ったら、恋愛経験の乏しい自分がこれ以上何を言い繕ったって無駄な気がした。

周平は顔を前に戻し、言葉もなくコクリと頷いた。

耳や頬が火にあぶられたように熱かった。伏見を想う気持ちがまるで隠せない自分が恥ずかしい。伏見より年上のくせに、まるで伏見をあしらえない。振り回されてばかりだ。

そのうち伏見が笑いながら、知ってますよ、とかなんとか言ってくれるのを待っていた周平だったが、不思議なことにいつまで待っても背後からはなんの反応もない。

頷き方が小さすぎてわからなかったのかとそっと伏見を振り返り、周平は目を瞬かせた。

伏見は周平の肩に顎を乗せたまま、目を見開いて床の一点を凝視していた。しかもその頬がやけに赤い。直前に見たときはそうでもなかったから、アルコールのせいではないだろう。なんだろう、と思ったら、相変わらずどこか一点を見たまま、あの、と伏見は掠《かす》れた声を出した。

「……俺、冗談のつもりだったんですけど」

「え……」

「てっきり自惚《うぬぼ》れるなって、笑い飛ばされるかと……」

周平はしばし黙り込む。たっぷり三秒は経っただろうか、ようやく伏見の言わんとしていることを理解した周平は、そうとも知らずに本音を漏らした自分に気づいて声にならない悲鳴を上げた。

なんで君はそんなに美形で王子で女性経験も豊富なくせに時々急に朴訥《ぼくとつ》な青年になるんだ！　と八つ当たり気味に胸の中で叫び、でも実際は顔も首も赤くして押し黙ることしかできない。

互いに黙り込み、賑《にぎ》やかなテレビの音に耳を傾けることしばし。やがて意を決したように伏見が顔を上げ、周平の頬にそろりと指先を伸ばした。

至近距離で視線が絡む。親指の腹で唇を辿《たど》られた周平は、なんで、とまた口の中で呟いた。

（……なんで僕相手に、そんな必死な顔するんだ……）

まだ頬に朱を残した伏見にひたむきに見詰められ、許しを乞《こ》うように唇をなぞられて、周平はひどくぎこちない仕種で目を伏せた。不器用な了承はきちんと伏見に伝わって、唇に吐息がかかる。柔らかく唇が重なる。

「――……周平さん」

唇が触れ合う直前伏見が周平の名を呼び、そんなことにとても特別なことをされた気分になって体の芯《しん》に震えが走った。誘うつもりなんてなかったのに唇が勝手にほころんで、伏見の舌が押し入ってくる。

「ん……」

最初はどうしても羞恥や怯《おび》えが入り混じって体を引き気味にしてしまう周平の腰を、伏見

が後ろからしっかりと抱きしめる。深く舌を差し込まれ、いつもよりじっくりと上顎を舐められ、舌を絡められて、周平は両手で持った缶を握り締めた。

　缶の中で残り少ないビールがちゃぷりと音を立てる。互いの唇の間でも絶えず水音が上がり、卑猥《ひわい》な音が流れ込む耳はあっという間に焼けるほど熱くなる。

「ん、ふ……伏見、君……ちょ、ちょっと待った…っ…」

　キスが深まるにつれて段々伏見が体を傾けてきて周平は慌てて伏見を押しとどめる。伏見は存外素直にキスをやめると、互いの鼻がつくほど顔を近づけジッと周平の目を覗き込んだ。

　伏見の目は普段からは想像もつかないほど熱を帯びている。言葉にしなくても伏見が何を言おうとしているのか想像がついて、周平は小さく喉を上下させた。

「伏……じゃ、なくて……か……か、和《かず》、親《ちか》……」

「……いつまで経ってもつっかえますね」

　スムーズに名前を呼んでくれない周平を咎《とが》めるつもりか、伏見が軽く周平の唇を噛《か》んできた。痛みはなく、むしろ甘ったるい痺《しび》れが広がって周平は弱々しく伏見から顔を背けた。

　他人のファーストネームを口にするのはまだ慣れない。うっかり会社で口を滑らせては大事だからと、普段は周平も伏見も互いを「伏見君」「課長」と呼び合っている。

　周平は目を伏せて、ぼそぼそと反論を試みた。

「し、仕方ないじゃないか……名前を呼ぶのは、その、特別なときだけなんだから……」

なかなか慣れないのは当然だ、そう言ったつもりだったのに、いきなり伏見に顎を捉《とら》われ上向かされた。唐突な行為に驚き、何かおかしなことでも言ってしまったかと瞳《ひとみ》を揺らした周平に、伏見は低い声音で囁いた。

「じゃあ、今は特別なときなんですか……?」

濡れた唇に伏見の吐息がかかる。周平は小さくひとつ瞬《まばた》きし、それからカァッと顔を赤くした。そういうつもりで言ったのではなかったのに、まるで自分から誘ったようで伏見の顔を見ていられない。

俯いてぱくぱくと口を動かすものの一向に言葉の出ない周平の頬を撫で、伏見は潜めた声を一層甘くした。

「そういう顔されると、期待しそうになるんですが……」

頬を撫でた指先が耳の下に滑り落ち、周平の首筋をゆっくりと辿る。羞恥を押し殺して伏見を見上げると、伏見は至極真剣な眼差《まなざ》しで周平の答えを待っていた。

周平はまた視線を下げ、そろそろと瞼《まぶた》を閉じる。

(……僕だけじゃなくて、君も少しは期待してくれてた……?)

ソファーで隣り合って座ったときから、今夜はどうなるのか期待とも緊張ともつかないもので胸を満たしていたのは、自分だけではなかったのだろうか。

目を閉じると伏見が性急に唇を寄せてきて、尋ねるまでもなかったかな、と周平は唇の端に、ごく微かな笑みを浮かべた。

数センチだけ開いた引き戸の間から、ダイニングの光が細く室内に射し込んでいる。部屋を移動するときにテレビだけは消したものの、電気は消し忘れてしまったらしい。いつもなら気になってすぐにでも消しに行くが、さすがに今の周平にそれだけの余裕はなかった。

「あっ……あ、や……っ」

ギシリとベッドが軋《きし》み、周平は両手でシーツを握り締める。四つ這《ば》いの格好で、背後には伏見がいる。互いに服は着ていない。

伏見は周平の腰を抱き寄せ、剝《む》き出しの背筋に唇を押しつけた。

「ひ……っ！　ぁ……」

「相変わらず背中、弱いですね」

ビクリと大きく体を震わせた周平の肩甲骨に唇を滑らせ、笑いを含んだ声で伏見が囁く。吐息が背中の皮膚を撫で、くすぐったさだけでは済まない何かが肌の下でさざめき立って、周平は前より強くシーツを握り締めた。

「……締めつけすぎです」

声の調子で伏見が苦笑を漏らしたのがわかる。深く呑み込まされた指がゆっくりと引き抜かれ、周平は背中を仰《の》け反らせた。

「あっ、い、や……あっ」

「抜いたら嫌……？」

ローションでたっぷりと濡れた指が再び押し込まれ、周平は腰を戦慄《わなな》かせる。内股《うちまた》を粘度の高い液体が伝い落ち、そんな些細《ささい》な刺激にすらも膝が震えた。

伏見は一方の手で周平の腰をしっかりと摑み、もう一方の手で執拗《しつよう》なくらい時間をかけて隘路《あいろ》をほぐす。長く続く責め苦に腕で上体を支えていることもできなくなって、周平はシーツに突っ伏し腰だけ高く上げた体勢で啼《な》かされるばかりだ。

「……さっきより甘い匂いがしますね」

周平の腰から掌《てのひら》を滑らせた伏見が戯《たわむ》れに胸の突起に触れてきて、周平は顎を撥ね上げる。つんと尖《とが》った場所を指の腹でこねられると伏見の指を銜《くわ》え込んだ場所が勝手にひくひくと蠢《うごめ》いて、前よりもっと内側を穿たれる感触が生々しくなった。触れられてもいない性器からは先走りが滴って、周平は背後の伏見に涙目を向けた。

「も、もう……いいから、は、早く……っ」

ねだる言葉にも恥じらいを感じていられないくらい切羽詰まって周平は訴えるが、伏見は甘く笑って首を伸ばすと、涙の浮かんだ周平の目元に唇を寄せた。

「もう少し慣らしましょう、焦ると後で辛《つら》くなりますよ」

言葉の途中で柔らかく胸の先端をつままれて、周平は高く掠れた声を上げた。

伏見がこういうことをするのは、焦《じ》らすわけでも意地悪をしているわけでもなく、本気で周平の体を慮《おもんぱか》ってのことだから始末が悪い。初めて体を重ねたとき周平が多少無理をしたのが未だに尾を引いているのか、伏見はじっくりと時間をかけて周平の体を慣らそうとする。慣らすどころか周平が快楽の波に溶けて崩れて泣きじゃくるまでやめようとしない。

本当は何もかもわかっていてやっているのかもしれず、どちらにしろ周平は伏見に翻弄《ほんろう》されるばかりだ。シーツに横顔を押しつけた周平は、小さくしゃくり上げながら涙目を伏見に向けた。

「和親……和親、お願いだから――……」

年上の面子《メンツ》も威厳もなげうって、普段はなかなか呼べない名前すら呼んでねだる周平に、さすがに伏見の表情が変わった。目を眇《すが》め、なんとか己の激情をやり過ごそうとして、でももう一度周平に名前を呼ばれるとその顔つきが一変する。

普段は淡白にすら見える表情に思い詰めた色がにじんで、瞳が俄かに熱を孕《はら》む。連想するのは獲物を見定める動物の顔で、その瞬間いつも周平の背中には震えが走る。怯えではなく、期待のために。

深々と埋められていた指が引き抜かれ、周平は喉の奥で声を殺す。

腰を支えていた手が離れ、そのままシーツに沈み込んでしまいそうになったところで体をひっくり返された。仰向《あおむ》けになり、伏見に脚を抱えられて大きく開かされる。

隣の部屋から明かりの射し込む室内は豆電球だけ灯《とも》しているより明るくて、伏見自身が猛々《たけだけ》しく隆起しているのが見えてしまい周平は慌てて強く目を瞑《つぶ》った。

入口に切っ先が押し当てられ、口元に手を当てて息を詰めた。貫かれる期待に肌が粟立《あわだ》つ。焦らされすぎて心音が滅茶苦茶《めちゃくちゃ》だ。掌の下で乱れた呼吸を繰り返していると、伏見がゆっくりと腰を進めてきた。

「ん……ん、ん――……っ…」

押し開かれる。痛みはない。それどころか誘い込むように内側が痙攣《けいれん》する。伏見が小さく息を吐き、最後は一気に根元まで呑み込まされた。

「あっ！　あっ、んんっ！」

待ち望んだものが身の内を満たして、周平の体が悦《よろこ》びに慄《おのの》く。焦らされた分快楽も濃くて、周平は闇雲《やみくも》に腕を伸ばして伏見の背中にすがりついた。真冬なのに伏見の肌は汗ばんでいて、自分と同じように興奮してくれているのだと思うと無性に嬉《うれ》しかった。

上半身を倒した伏見が首筋に柔らかく噛みついてきて、周平は息を引き攣《つ》らせる。伏見を受け入れた部分がぐずぐずと熱い。無意識に締めつけてしまったらしく、首筋で伏見が小さく喉を鳴らした。身構える間もなく伏見が身を起こし、脚を抱え直される。

一度侵入してしまえば伏見はもう容赦がなく、蕩《とろ》け切った場所に手加減なく腰を突き入れてくる。熱く硬いものが過敏な内部をかき回し、突き上げて、周平は喉を仰け反らせた。

「い、や……やぁっ！　待って、待って——……っ……！」

「無理です……っ、今更……」

伏見の声も余裕がない。制止の言葉など容易《たやす》く振り切り、ますます大きく周平を揺すり立てる。切っ先が柔らかな肉を何度も抉《えぐ》り、周平は全身を硬直させた。

「あっ、あぁっ、あ——……っ！」

周平の腰が跳ね上がり、痛いほど張り詰めていた自身から白濁としたものが飛び散った。それは伏見だけでなく周平の腹にもかかり、伏見が一瞬動きを止める。

「ま……待ってって……だから——っ……」

自分でも驚くほど早く達してしまったことが恥ずかしく、周平は弾んだ息ごと隠してしまおうと両手で顔を覆う。

伏見はしばらく荒い息を吐いていたが、ふいに手を伸ばすと周平の腹に散った白濁を指先で拭《ぬぐ》った。ぬるりとしたそれを肌の上に擦《こす》りつけながら、伏見は周平の耳元で囁く。

「……エロい」

「……っ」

淫蕩《いんとう》な自分を責められている気分になって指の間から涙目を向けると、伏見は食い入るような目で周平の震える体を見下ろしていて、視線が合うとわずかに口の端を持ち上げた。

「……たまらないですね」

比喩ではなく、本当に周平の腰が震えるほど甘い声で囁いて、伏見はゆるゆると律動を再開する。達したばかりで過敏な体は些細な動きにも容易く翻弄され、待ってと懇願するが伏見の動きは前よりさらに大きくなっていく。

「あっ、ん、や……っ」

息苦しいほどの快感に周平が甘い悲鳴を上げると、顔を覆っていた手を伏見に取られシーツの上に縫いつけられた。顔を背ける間もなく唇を塞がれ、深く舌を絡められる。室内を水音が満たし、体全部が伏見で満たされている気分になって周平は睫《まつげ》を震わせた。体はすっかり弛緩して、絶頂がどこにあるのか見当もつかない濃霧に似た快楽に呑まれ、指先すらろくに動かなかった。

唇が離れれば伏見から顔を背ける余力もなく、周平はとろりとした目で伏見を見上げる。周平を見下ろした伏見は小さく息を呑み、眉間《みけん》に苦し気な皺《しわ》を寄せた。ああ、もう、と、掠れた声で伏見が言って、続く言葉はほとんど周平の耳には届かない。

「もう、俺の方が絶対夢中なんでしょうね——……」

そんなふうに聞こえたような気もしたのだけれど、すぐに前より激しい抽挿が始まってしまい、自分の嬌声《きょうせい》に塗り潰されて伏見の声はほとんど聞き取れなくなってしまった。

周平がぐったりとシーツに沈み込んでいると、後始末を終えた伏見がベッドに潜り込んできて、背中から広い胸に抱き込まれた。周平の胸の前で両腕を交差して、ぎゅうぎゅうと自分の方に抱き寄せ髪に顔を埋めてくる伏見に周平は微苦笑を漏らす。ソファーにいたときにも思ったのだが、大家族に囲まれて育ち、大型犬まで飼っていた伏見はどうやらスキンシップが過剰らしい。一見すると、恋人に腕を組まれても一瞥《いちべつ》するだけで無反応を貫いてしまいそうな鋭利な美貌《びぼう》の持ち主のくせに、こうして情事の後も手や脚を絡ませて全身でじゃれてくる伏見が愛《いと》おしかった。

しばらく伏見のするに任せていると、伏見が唇で周平の肩から二の腕を辿ってきた。さすがにくすぐったくて身を捩《よじ》ると、後ろから伏見の感心し切った声がした。

「……本当にすべすべですね。匂いもまだする」

「そ、そう……かな……？」

「なんか凄い甘い物食ってる気分になりました」

耳元で囁かれ、指先で胸の辺りを撫でられて周平の心臓が小さく跳ねる。肩越しに振り返ると、伏見は首だけ起こして周平の頬にキスをした。

「触ってると気持ちいいし、いい匂いするし……すみません、今日はちょっと無理させましたか？」

心配そうな顔でこちらを覗き込んでくる伏見に、周平は口の中でごにょごにょと、いや別に、とかなんとか呟いてみる。端から伏見を夢中にさせるつもりでスクラブなんて使ったのだから、伏見が謝る必要はどこにもない。

顔を赤くして言い淀《よど》んでいると、頬にもう一度伏見の唇が落ちた。伏見の方を見るよう促されているのだと気づいて首をひねると、唇に柔らかく伏見の唇が落とされる。

「……マシュマロみたいですね」

「さ、さすがにそこまでは……」

「俺ばっかり周平さんのこと好きになってくみたいで、ちょっと悔しいです」

真顔で息の止まるようなことを言った伏見は、そういう台詞《せりふ》をさらりと口にできる時点で自分の方がよっぽど周平を骨抜きにしていることに気づいていない。本人に口説き文句のつもりはなく、思ったことを口にしているだけのようで、だからますます周平は伏見から離れられなくなる。もっとこっちを見て、触れてくれればいいと願ってしまう。男の自分がこんなことをするなんて情けないと思いながらも、そのための努力を惜しめない。

周平の唇に指先で触れ、柔らかい、と心底不思議そうに呟く伏見に、まめにリップクリームを塗ってるからね、と言わなくてもいいことまで白状しそうになって、周平は慌てて目の前にある伏見の唇にキスをした。

本音をごまかすつもりだったが合わせた伏見の唇は笑みをかたどっていて、もしかすると伏見には、端から何もかもお見通しだったのかもしれない。

あとがき

ゲームのやりすぎで左腕を痛めた海野です、こんにちは。

先日唐突に左腕が痛くなり、一体何が原因だと前日の行動を思い返したところ、どう考えても買ったばかりのアクションゲームに小一時間ほど熱中していたことしか思い当たる節がなくて愕然としました。

同時に、ピアノを習っていた子供の頃、練習が長引くとよく父親に「やりすぎると腕を痛めるぞ」と言われたことを思い出しました。「痛くなるのは指じゃないの？」と尋ねたところ、「指先は腕の筋と繋がってるんだ、意識していなくてもそのうち筋を痛める」などと得意顔で父が語っていたことや、本当かなぁ？　と疑っていた当時の自分のことなど思い返し、よもやそんなエピソードを左スティック回しすぎた翌日に思い出す日が来るとは思わなかったな、とちょっと遠い目になりました。

実際左腕が痛くなったのがゲームのせいなのか、本当に指先を動かしすぎると腕の筋を痛めるのかは定かでないのですが、何やら妙に納得してしまったのでその日はゲームをお休みしました。子供の頃はこんなことなかったのに。これが大人になるってことなのでしょうか。

というどうでもいい話はさておき、今回は童顔課長とイケメン王子のお話でしたがいかがでしたでしょうか。日々の生活を振り返り、自分は課長派だな、とか、自分はどちらかというと王子みたいな買い方しちゃうな、とか考えてみるのも楽しいかもしれません。ちなみに私は課長派です。

そんな価値観の異なる課長と王子を素敵に描き上げてくださった夏水りつ様にはこの場を借りて御礼申し上げます。童顔課長って言ったらこれですよね！ という可愛い課長と自覚もなくさらりとイケメンな王子をありがとうございました！ 表紙にも本文中に出てきた小物がちりばめられていて感動しきりです……！

そして最後になりますが、この本を手に取ってくださった読者の皆様、本当にありがとうございます。少しでも楽しんでいただけましたら幸いです。

それではまた、どこかでお会いできることを祈って。

海野　幸

本作品は書き下ろしです

海野幸先生、夏水りつ先生へのお便り、
本作品に関するご意見、ご感想などは
〒101-8405
東京都千代田区三崎町2-18-11
二見書房　シャレード文庫
「家計簿課長と日記王子」係まで。

CHARADE BUNKO

家《か》計《けい》簿《ぼ》課《か》長《ちょう》と日《にっ》記《き》王《おう》子《じ》

【著者】海野幸《うみのさち》

【発行所】株式会社二見書房
東京都千代田区三崎町2-18-11
電話　03(3515)2311［営業］
　　　03(3515)2314［編集］
振替　00170-4-2639
【印刷】株式会社堀内印刷所
【製本】ナショナル製本協同組合

落丁・乱丁本はお取り替えいたします。
定価は、カバーに表示してあります。

ISBN978-4-576-13137-5

http://charade.futami.co.jp/